勇氣阿嬤 的 美好熟齡時代

38個跨出人生新旅程的第一步

潘世芬／著

Lucas 阿嬤愛旅行

世界上唯一的花

世芬是我世新三專的同班同學，記憶裡這個同學在 70 年的當時，在班上就已經很特殊。她是重考生吧，年紀在當時女同學裡都大一些，個子很高、身材很瘦、打扮很時髦，長相和穿著都顯得有些特立獨行，但是沒有想到在闊別 33 年後的同學會裡，再見她時却是滄海桑田中最平凡的某某某。

她是全班女生最先走進婚姻、最猛決定當全職家庭主婦、最先當上婆婆，然後一路衝刺完最快當上阿嬤，像是趕進度一般把我們後人生的規劃都一次到位。

一個女人如果要寫自傳似乎到了這裡，該是結尾最末章了吧，而她却才剛剛開始做她自己！我們互為臉友後，看著她用著最低階的手機 PO 文，攢了好久老公每月給的零用錢買進階 NOTE，跟著年輕人一起報名上課學習經營粉絲，再

努力尋找自己的定位，成為台灣第一位阿嬤影音部落客，我認為她給所有人最大的啟發是：如果平凡若她、資源不足若她都能披荊斬棘，過關斬將，順利達標，你我還有什麼理由說做不到！

　　我與她都不是女性主義當權派的擁護者，但是信念一致地是想要知道及證明自己的價值在那裡。我們努力扮演著自己的天職，子女、妻子、父母，但人生一定不要忘了留一塊園地給自己耕種，勇氣是我們的沃土、堅持是我們的養分、在那裡每個人都是世界上唯一珍貴的花朵！

東京房東網集團會長　廖惠萍

拿著冒險牌手電筒，即使黑暗仍有光

好不容易盼到孩子上大學，恢復女性的優雅，我壓根沒想到我們這一代有人想帶孫。當我身邊第一個當阿嬤的朋友——潘世芬，孫子來報到時，立刻激起我的危機意識，這一天，來得太快了吧！

二十多年前我們的育兒之路才開始，前途一片坎坷，後來各自過關斬將(以下省略三千字)，如今她又要帶孫，竟然「順便」考了張保母證照，索性帶著小孫子趴趴走，最後經營起「Lucas 阿嬤愛旅行」粉絲團，我不禁想起當年她才開始用電腦寫作時，問了我好多電腦軟體小白的問題，難不成她是神奇的寶可夢？

世芬一直都是非典型女子，從未埋沒老天賞賜的女子力，生活感受敏銳，堅持以墨水紀錄所思所愛，即使非志願當了 7-11 阿嬤，也沒放棄旅行和寫作。我跟世芬都度過一段孩子「照書養」的日子，那麼世芬帶孫會照豬養嗎？顯然世芬進化成勇氣阿嬤之後，用愛心「放養」孫子 Lucas，自信

和智慧更勝當年。因此我們在書中發現，旅途就是最好的教室，和陌生人相處就是最佳的人際關係訓練，讓孩子視環境隨機應變是必然，她懂得把釣竿交還給孩子了，這非常值得現今「直升機父母」參考。看見阿嬤們聚在咖啡館聊天談是非，我還是惋惜，小孫子們的寶貴童年不該被大人消磨掉。

有些人骨子裡就是流著義無反顧的血液，忠於自己的想法，付諸行動去追求自己理想的生活。世芬總是一馬當先，拿著冒險牌手電筒，探照著黑暗的人生隧道，同時也成為別人腳前的燈、路上的光。自己的願望，只有自己能夠實現，自己的快樂，只要自己數了就算。無論你幾歲，都要先喜歡自己做的事，堅持把夢孵下去，有一天你就會變成那個理想的自己。勇氣阿嬤世芬做得到，你也辦得到！

四也文化出版總監　張文婷

重新啟動自己的的第二人生

　　每個人都曾經有寫過的作文題目：長大後的志願。這作文內容通常都會選擇一個讓自己最快樂最有榮譽感的職業，但是我們一旦長大後，卻常常把單純的快樂擺在次位，因為生活所需的柴米油鹽醬醋茶還有汲汲營營努力的追求成就感。如果現在給一個新的作文題目：在人生的下半場，再次有選擇的機會時，你將會選擇什麼？

　　Lucas 阿嬤給了我很棒的一個人生示範，她教會我什麼是人生的第二曲線，不管是選擇沒嘗試過的事情，或者是專注於原本就有興趣的事情，最重要的是，自己會快樂的去嘗試自己的選擇。認識阿嬤在 3 年前的部落客計畫，在一群旅遊部落客中，她是年紀較「資深」，也同時具備著對新事物學習的好奇心和動力，種種經營部落格需要的拍攝技巧、網站營運要點、數位行銷新知，像是 SEO（搜尋引擎最佳化）、Google Analytics 分析、流量變現等議題的學習課程或講座，總是能見到她的身影和專心聽講的各種求知若渴態度。

這本書內所洋溢對生活與旅行的熱情，比阿嬤年少的讀者看了之後，應該會充滿了對興趣理想的追求動力，趁著年輕而化為行動。與阿嬤年歲相當或較年長的熟齡讀者，閱讀後應會重拾對生命熱情追求的再一次勇氣！

　　讓我們重新啟動自己的的第二人生！跨出人生新旅程第一步！

凱絡媒體商務長／　**陳顯立**

堅持和努力為自己圓夢

最近收到一則阿嬤學生的私訊，勾起了好多回憶。「老師，7 月由城邦麥浩斯要幫我出第一本書了，其中一篇寫到我成立粉絲團，謝謝你幫我起步才走到今天。

當初你給我的那句話，一個人的力量很小，只有堅持才有機會被看到。給我很大的鼓勵。」聽到這個好消息，我實在是與有榮焉！

2017 年下半年，我的人生遭逢巨變，由於失敗的醫美手術在醫院躺了近兩個禮拜。那兩週，我教照顧我的男看護用臉書和 IG 幫爸爸賣柚子。他每天都會帶著筆電，讓我教他做貼文、修照片、下廣告，一天教一點，連續 10 天。

而我也在授課的過程中重新找到自己的價值。出院後，我默默下了一個決定，要開課，第一個學生就是這次私訊給我的 Lucas 阿嬤。

她年近 60 歲，平常最喜歡帶孫子旅行，來找我上課時，粉絲團剛剛建好，但沒有人看她的內容。她說，她寫得很認真，是台灣第一個阿嬤部落客，用臉書分享祖孫旅行的故事，但寫了幾個月粉絲實在是少得可憐。

我們從名字的設定開始，教她寫文技巧，如何正確使用臉書，如何和讀者互動，如何修改內容，找到自己與讀者之間的平衡。她說，她的夢想是出一本書，紀錄自己的旅程和孫子的成長，但是好難喔，有誰會想看一個阿嬤帶孫子的故事呢。

我回答，現在做不到不代表你以後做不到。但你現在不開始，以後也還是沒有。如果能持續寫個兩、三年，持續鍛

鍊，我相信一定有機會的。然後我告訴她，一個人的力量雖小，只有堅持就被看到。

快要三年過去了，我知道她一直有在寫，從什麼都沒有累積了 1.8 萬個粉絲。今年孫子要上小學了，因為常常跟阿嬤去旅行，兩個人感情很深。

阿嬤還接到了健身房合作，講座邀約，用社群找到了很多新的可能，還有很多以前沒想過會嘗試的事情。她說，沒想過年過半百了還能經營粉絲團圓夢。隔著螢幕，我都能感受到她的喜悅。

其實，她要感謝的人不是我，而是她自己，是她的堅持和努力替她圓夢。而我的工作是協助她找到方向，告訴她，用最省時、省力的方式少走一些冤枉路。畢竟我也曾經營了 10 年都沒有人看到，希望透過自己的經驗幫助想要擴大社群影響力的人找到方向。

看到阿嬤的成長，我也很有成就感，甚至比我能自己做到都還開心。所以，請不要再只看那些不可能，而是要去堅持一個小小的可能。我沒有辜負三年前的自己，Lucas 阿嬤也一樣，她的努力讓她得以圓夢，寫作、出版，帶著孫子旅行，讓祖孫兩人擁有更多更豐富和精彩的回憶。

如果你也是一個有夢的人，就像我告訴那位阿嬤一樣的。現在做不到不代表你以後做不到。但你現在不願意開始，以後還是沒有。

一個人的力量雖小，只有堅持就被看到。我們一起加油。

網路作家　**冒牌生**

補回大人的「體育課」

2019 年 11 月中旬，為了推動花東長濱與豐濱在地緩慢深入的「人文＋自然＋運動」之旅，我受公益平台之邀參加了踩線媒體團，主要的目的是希望媒體、部落客、網紅們能實地走訪花東雙濱的自然美景，並親身體驗在地人為保留自己家鄉特有的風土民情所做的努力，而我就是代表「運動」的人。

期待透過媒體朋友們的真實報導，能夠在不久的未來，讓更多在都市中辛勤工作大半輩子的退休熟齡朋友們，在非假日期間，去花東雙濱悠閒地走走，重新體驗返樸歸真的田野生活，同時把以前在學校沒有好好學的「體育課」給補回來。然後帶著對土地與對身體的重新認識與學習，回到自己最熟悉的的生活軌道中，思考自己人生的下半場該如何過得比上半場更快樂、更有價值，同時也對其他人更有意義？

我和 Lucas 阿嬤就是這樣認識的。她本身正是我們想推廣這個理念的「目標客戶」，而她一路上直喊著「走不動了！」、「腰快斷了！」、「膝蓋不行了！」、「連睡覺都腰酸背痛！」……當時我心裡想著，如果能夠協助阿嬤「重新修理」，讓她能有更健康的身體、更開闊的心靈、更不同於以往「坐著過日子」的生活模式，那從此應該不會有什麼人能難倒我們的吧！

　　經過了半年，改造後全新的 Lucas 阿嬤，將她人生中最平實且最令人感動的故事公諸於世，這不只是她自己個人與家人的福氣，更是所有有緣拿起這本充滿愛與勇氣的書的人的福氣！

　　我真心推薦此書，它值得你細細地品嚐與珍藏！

力格運動健護中心創辦人　**甘思元 Kenny**

我永遠是那個願意陪你長大的奶奶

親愛的 Lucas，我是奶奶，我們常常一起出去玩。

以前別人老說我怎麼不好好當奶奶就好了，為什麼經常不在家，四處旅行還當了旅遊部落客。

奶奶在小時候跟家裡的關係很不好，幾乎是自己一個人長大的。奶奶是個倔強的孩子，直到爸媽年紀大了，才開始有了和好的想法。

奶奶有了經濟能力，就特別喜歡旅行，彌補小時候的孤單與遺憾。

記得我知道你要來世界時，我正在關山自行車道騎單車，你的爸爸打電話來，說以後要我幫忙照顧，當下是非常

掙扎的，我已經帶大爸爸和姑姑，我不要再帶一個寶寶，太累了。

你出生了，看到你那小小的身軀以後，你成為奶奶最驕傲的孫子。

後來，你長住爺爺奶奶家，我們看你翻身學步走路和在公園玩，為退休的爺爺帶來生活的重心。

Lucas 還記得媽媽？你在三歲時，她去當天使了。從那一刻開始，我就決定以旅行帶你成為一位健康的孩子。我開始成為你的「奶奶媽媽」，有時候，你也會撒嬌說，能不能叫我「媽媽」，當然我也願意遞補這一塊遺憾。

我們從來不當觀光客，走的都是特殊路線的遊程，我帶你去部落玩爛泥挖雜草，你就是那個天地滋養的孩子。

所以奶奶在 2016 年成立「Lucas 阿嬤愛旅行」的部落格，以擅長的人文風景與散文敘事，分享旅行的蹤跡給更多隔代教養，想要出發的親子旅行讀者。2017 年奶奶成立「Lucas 阿嬤愛旅行」粉絲團，你經常在我的粉專當

Model，讀者都是看著你長大的。這些爺爺奶奶阿姨伯伯，有的年紀大了都有孫子了，你知道，好多人都羨慕我們一起旅行了許多地方。

我們是不是更有能力說出知道的事？其實，你也知道奶奶也跟很多人不一樣吧？我會染綠色的頭髮，穿衣一點都不像 58 歲了，走在路上我們就像母子。你好像也很習慣，說我怎麼不染彩色的頭髮，會更好看。

你也非常愛爺爺，你們一起洗澡互相刷背，已經很久了吧！上次爺爺手受傷，你還為他沖澡，你不過是六歲的孩子，卻如此溫暖懂事。

奶奶的這本書寫下小時候，如何在重男輕女被壓抑的家庭，變成為獨立有想法的人。所以，特別願意分享給讀者關於跨出原生家庭成長的勇氣。

奶奶和爺爺是相親結婚的，生下你的爸爸後，在邊教養中邊學習，所以，你看到的奶奶是經過大小挫折與錯誤，才懂得如何在愛中扶持你成長。

我也跟讀者討論到決定與行動的勇氣。奶奶成為旅遊部落客，也會跟你聊到去哪裡採訪，去工作假期做木桌、割稻子，在稻田裡吃飯，你也會好羨慕，說我怎麼沒帶你去？我們和阿公一起去旅行，也走向祖孫旅行的代言人。

　　記得我說要去那場台中熟齡旅遊講座。你說：「奶奶，怎麼不帶我去？」，可能你無法想像，奶奶第一次面對 160 人的演講，會不同平常對你心平氣和地樣子，我會緊張所以不帶著你。其實，我應該相信你的，就是我們一起又去做一件有勇氣的事。

　　親愛的 Lucas，我從來沒想過自己會在 51 歲成為奶奶、54 歲開始成為台灣第一位阿嬤旅遊影音部落客、55 歲成立粉絲團，竟然也快要 20000 粉絲、56 歲面對過 300 人分享熟齡旅遊、57 歲成為專欄作者、58 歲出版一本書。

　　當你看著奶奶寫出生活中面臨挑戰的勇氣，我要跟你說：健康長大，奶奶愛你。我永遠是那個願意陪你長大的奶奶。

2020 年 7 月 奶奶筆

目錄

一、與自己對話的旅行

對於為人子女／家庭主婦／母親 ／阿嬤／旅遊部落客／專欄作者／出書作者，轉身的每個角度都是自己，跨出第一步的勇氣就有下一步抬腳的機會。

二、成為奶奶媽媽的旅程

我對 Lucas 的愛彌補了媽媽的缺席，我的勇氣讓自己成為奶奶媽媽。最大的心願是陪伴他在旅行中長大，成為有勇氣的男子漢。

目錄

Part 1

與自己對話 的旅行

對於為人子女／家庭主婦／母親／阿嬤／旅遊部落客／專欄作者／出書作者，轉身的每個角度都是自己，跨出第一步的勇氣就有下一步抬腳的機會。

I-I

爸爸的愛 ＆ 寫作旅程的第一哩路

過去為爸爸朗讀報紙登出我的文章，他總是靜靜聽著，結束時露出鼓勵的表情：「沒有了啊？」

「你沒有工作，以後靠什麼生活？」我只在報章投稿拿稿費，爸爸很憂心地說過這句話。也因為這個擔心，爸爸存了一個金條放在媽媽那裡，託囑回到天家後留給我。

我的文字旅行一直執意不打上句號。2016 年六月與同學們在中國自駕，行過 1300 公里穿越六個古鎮，甚至越發拉長線頭，打算寫完江南水鄉古鎮。中國旅行回來後，從烏鎮開始並正式寫下「Lucas 阿嬤愛旅行」的旅遊部落格。

「旅遊部落客最燒錢！」溫到谷底的存摺數字，買不了早就打聽好的單眼相機與電腦。曾經心裡也閃過一個念頭：拿不出旅費，撐不下去就停筆吧！

可是，我的文字千絲萬縷打不了結。爸爸一生儉省才存下金條，要留給這個捨不得放下的女兒。等不到高價售出的時機，我把金條拿去住家附近夜市裡的金飾店，秤出來一筆現金。

爸爸的金條支持了我的旅遊寫作。我篤定，他會看著這個已經是阿嬤的傻孩子，勇敢踏上下一次旅程的第一哩路。

其實，過去我和爸爸的情感很淡薄。他培養我們兄妹倆讀私立小學和初中，我的課業一直排在後段。大學聯考放榜，下班開門走進家門，第一句話是探詢：「考上了嗎？」，我看到他眼中的失望。我一直不能符合爸爸對我課業上的期待。

高中畢業北上三專讀書，在台北車站附近下了中興號，一手拎著塑膠洗臉盆，一肩揹著裝著衣物和書籍的帆布袋，轉搭乘往學校的公車。在宿舍的鐵架床與櫃子，安置好帶來的行李，在小街道的便利超商添購水晶肥皂。

爸爸在 76 歲時跌倒摔斷了手臂，陸續身體出了狀況。有兩年多，我常從台北回到台中的娘家陪伴，一待就是半個月。推著爸爸的輪椅到公園散步，我們安靜地緊握著手，那雙瘦弱的手掌窩在我的手心，重新握起父女情緣。

我的成長記憶中，媽媽會帶哥哥去辦大學新生註冊，開學前幫忙搬東西到宿舍，覺得自己是被冷落的孩子，心裡總是酸酸的。

直到自己成為阿嬤旅遊部落客，三歲時 Lucas 媽媽當了天使，我多了「奶奶媽媽」的角色。我們經常親子旅行，他也當拍照 model，明白兩個人忙了一天，看著小孫子甜甜入夢，自己再整理照片，會累得猛打瞌睡。

笑得出來就是原諒自己

　　翻開多年前的記憶，還原求學階段場景；我的旅行似乎更能咀嚼滋味：爸爸是軍人，月薪供應讀私立學校的孩子非常吃力，媽媽常常下班後，熬夜在客廳的茶几就著打字機，為教會的外籍神父做中翻英的編譯。媽媽一直兼著翻譯貼補家用，因此在年紀大了也留下微駝的身子。

　　我再度走進家門，端上為媽媽燉的一碗湯陪著追劇，邊聽聽她說身體哪兒酸痛，為她貼上酸痛貼布。出門時牽起她，軟軟小小的手握在掌心，彷彿爸爸交待我照顧家人的話在耳畔。

　　練習走出原生家庭的負面情緒，學習撫平心裡的傷口，不要對自己再灑鹽。笑得出來就是原諒自己！

I-2

那些阿嬤們
遇見的
阿嬤在咖啡館

「我有自備保溫瓶，可以折價 5 元喔！」排在我前面的幾個阿嬤都點最低價的厚片土司搭配美式咖啡。從咖啡館開始營業的一大早 7 點聊天到 8 點 30 分，就會有阿嬤要先走，回家接手照顧送過來的孫兒女；時間從容的阿嬤在 9 點就會全部散去。

我有喜歡的寫作座位，正靠著這批沒有跳晨間舞做操的阿嬤們，話題總是繞著兒子媳婦與孫子女，台語聊天有些音量，我就盡量閃旁邊去。

難免有批評家事，多是說說罷了，取得同座的幾句認同，就心平氣和了。時間到了，回家接手當阿嬤保母或是去買菜，每位阿嬤都有固定的 Schedule，這批「務實型」阿嬤絕不失職。過了一陣子，咖啡館最低價位的厚片咖啡組漲價 25%，她們就不來了，應該是轉移陣地。

素描繪畫班的熟齡女子們，也是每周一次來到咖啡館的常客，其他常客們都知道不坐過去那幾桌上課區域。她們會點一份早餐，上課不用付包場費，是控制預算很精準的一群人。老師不是集體授課，行走桌邊個別指導方式。重點是她們不閒聊，話題兜轉在畫題，輕聲交談就不會造成干擾。咖啡館也注意到這批客人了。後來發現她們除了早餐，多會加點 11 點後的主餐，這群頗有氣質「勵志型」大齡女子，還是留下來了。

「娛樂型」的阿嬤日子最開心。她們嘴中永遠有人會冒出旅遊提案，然後登高一呼就有人響應，提案者立即會連絡業務報上姓名人數，這一長串人龍就成團了。

　　我還巧遇：「你是不是那個阿嬤？什麼 Lucas 阿嬤愛旅行的？」，「你們好。最近要去哪裡玩啊？」我搭上一句話。「我們要去搭遊輪，這些人都要去。」順手指了指剛才兩桌聊天的朋友。天啊，這樣的揪團速度，旅行社的業務應該多認識幾個就是天王天后了。

剛好遇見開心的你

通常「閒談型」阿嬤們，最常落腳連鎖體系咖啡館或是速食店，即使座位沒有連座也能呼應聊天，無意中就包場了。某位早來的阿嬤會負責佔位。彼此很關心誰沒來，誰在家摔倒了，所以早上跳舞就沒有遇到，就開始分享哪裡鐵打損傷師傅非常厲害；有人帶著裝滿肉和菜的推車進來，說到什麼菜要怎麼煮才好吃；誰要去市場買兒子全家回來晚餐的菜，今天沒有時間過來了。

偶爾我在外面寫稿，不巧找不到座位，會剛好坐進這群阿嬤當中，我喜歡獨處寫稿，很難變成這類型群聚阿嬤中的一份子。一邊聽著人生百態一邊寫著旅遊文，戴上耳機把音樂調到李玉剛「剛好遇見你」。相遇這群阿嬤們也是世間緣分，分享了她們平凡生活中的一絲溫暖。

無論熟齡阿嬤們的生活是務實型、勵志型、娛樂型、閒談型或是與我一樣是獨處型，請來這本書裡尋找自己的影子，繼續開心過日子喔！

我不是潮嬤,
只是愛上
自己的模樣

大人們愛稱呼高學歷、富財力、穿潮服、有多少人追蹤IG 的大齡奇女子為「潮嬤」，我覺得自己完全不屬於這樣的嬤字輩。我愛穿的是平價品牌服飾「無印良品」，我不過就是有著直覺良好的美感，喜歡自己的模樣能賞心又悅目。

　　我一定在公開講座前去染髮，「今天染個亮色的綠色，如何？」最瞭解我的設計師 Ako 很興奮地跟我建議，大家看到一定「哇！」其實，她很想補個「靠！」的語氣吧！「好啊，我們就試一下！」她有把握一定會等到這個答案。

　　印象中只有在小學時期，父母為我買過出遊時的年節新衣，自己真正開始主張的購物，大約是在初中時期。每回月考考完，中午放學後和同學曼莉逛服飾店。我們一起看完瓊瑤電影就去買新衣，如果當下我有點猶豫，她才會出意見：「好看啊！」或是搖頭。初中時期我就會穿短版 T 恤和喇叭寬褲，現在回憶起來，還頗得意於當年對穿搭的主見。

　　我的老家在台中，火車站前面中正路有非常多的服裝店，每間店鋪都是五彩繽紛。高掛牆面的洋裝、平台上被翻亂的上衣、橫桿上掛得很擠的褲子，擺明不少誘惑。不過，我從來不會按照店員展示搭配，都是自己配出穿搭。

三專畢業隨即到廣告公司當製片，常要買演員廣告服裝，公司有預算又是我去挑選服飾，當然隱藏個人風格。要通過導演和攝影師審核，又是一段很實戰的好眼力鍛鍊期。

　　如果從 13 歲算起，至今已有 40 多年的穿搭經驗，若還不出師走出個性穿著，也很難吧！

　　阿嬤的穿搭從氣質、身材、年齡、耐看、風格，歸納出 5 個愛與不愛：

1. 氣質決定穿搭。多數女子是佛要金裝人要衣裝，穿起來符合自己的氣質是先決條件，奇裝異服也要看個性取向。

2. 看身材穿搭。明明我是「小腹婆」女子，就不勉強自己穿窄版包成肉粽，還要走路小碎步。不過，棉花糖女孩總是挑選深色系修飾身形，甚至店員也推薦暗色系，也都是刻板印象。

3. 不以年齡決定穿搭。沒有規定超過50歲，花樣容貌就屆臨退休，阿嬤魂上身。我就是吹拂簡潔風，重視環保材質日系風格「無印良品」鐵粉。

自信地愛上自信的你

4. 簡單的穿搭最耐看。穿金戴銀總讓我不舒服，擔心耳環少一邊，脫下戒指忘記在洗手台。我還曾經在洗衣時，將阿公送的小鑽項鍊忘記在口袋，從此大江東去。

5. 找對穿搭風格品牌。我在固定的品牌店消費，腦袋裡列有清單，選購單品更省事。手上掛滿不同牌子購物袋，不就是穿著「國王的新衣」！

相信自己的熟齡穿搭，更不用輪你當潮嬤！這一分直覺來自自信，就沒有人可以為你打分數。

I-4

就能進門
幸福鑰匙，
解開心鎖的
自己先打一把

娘家媽媽直到 80 多歲還是會感嘆：「小時候外公做航運賺大錢，經濟非常富裕，每個孩子都配有一位奶媽，上下學外出都配上一輛黃包車。」難掩無奈，再說：「來到台灣，外公在 39 歲早逝，外婆帶過來的金條，要養七個孩子，很快就變賣花光了。」。

我知道媽媽是家中老大，後來外婆賣獎券養家，她還幫忙鉤毛線賺生活費，進入大學也是靠半公半讀取得文憑。

因此，我在高中暑假就去牛排店端盤子打工，媽媽似乎很習慣也沒說什麼。倒是爸爸心疼地說：「又賺不了什麼錢？」可是，在牛排館的工讀氛圍比我待在清冷的家中更多幾分活潑。

牛排館正職服務生都是國中畢業學歷，她們也不在乎我讀私立名校，大家在後場分食客人留下的完好牛排，都會喊我一聲。她們搶著端盤送餐，只讓我做帶客人入座的輕鬆事。

即使這麼簡單的工作，我也在老闆帶友人來用餐，上水杯時整杯潑翻在客人身上，這群姐妹們立即拿餐巾紙連番道歉才安撫過去。

高中畢業的暑假在泳裝品牌店當工讀生，遇到試穿非常多件泳裝，最終一件也沒買的客人。店員在她前腳出門後面

進了家門解開幸福密碼

就開始議論，我也補了一句粗話，剛好被逛進店裡的高中老師聽到。這件事傳到同一所學校任教的媽媽耳中，我也沒有被責備。

哥哥從來沒有打工經驗，應該是想都沒有想過。我騎單車出門上班，眼角瞄到的都是他跟媽媽一起看電視。其實直到爸爸離世多年後，腦海裡的畫面，還是陪著媽媽看新聞、追劇、討論股市行情的哥哥，我則一直都在外面東奔西跑，似乎在客廳的窗外進不去，旁邊沒有我的座位。

媽媽在我的生活中影像很模糊。她是我在就讀學校的英文老師，我則是每學期都補考英文，在校功課極爛，媽媽也沒有多管我；我從台中北上求學，獨自揹行李袋去搭中興號，進學校報到住校；哥哥讀大學住宿是媽媽拎著盥洗塑膠盆，送他去

宿舍為他鋪好床。當時沒有手機，周末哥哥沒有回家，媽媽就一直掛心在嘴上。我的委屈是總覺得自己靠自己獨立長大。

我在台北讀書成家育子，離家門越來越遠。直到爸爸生病了，媽媽一通通電話將我一次次地喚回家，交我接手照顧爸爸，我也難免抱怨給友人，她說：「很普遍啊！家裡多半都是女兒在幫忙啊！」你不要管這種「親情勒索」。

「你從來不找哥哥幫忙？」反問過這句話。「你哥哥不懂這些事啊！」一種無助地聲音，出自 80 多歲的媽媽口中。

直到自己也近 60 歲了，猛然察覺仍能出入股市，頭腦清晰身體無恙的媽媽，對我來說就是一種幸福。即使多年來難解的心鎖，我開始願意，自己先打一把解開幸福密碼的鑰匙。

我回家了，拉開客廳的門走進去，拉一張矮凳坐在媽媽和哥哥旁邊，一起聊天看電視。每周回家陪媽媽追劇、聊股經的哥哥，善盡長子的責任陪伴媽媽成為安慰。

媽媽說，擔心我過胖的體重影響健康，她說，抱不動 Lucas 了。哥哥約著三人一起去餐廳。爸爸離開前，對信任的女兒交代要照顧家人。家的感覺逐漸回來了。

愛有破口的親情拉扯總是減法，我開始體會和好的感覺，那是進了家門才會遇到的愛。

直到他先放手
握住爸爸的手，

爸爸的一卡咖啡色舊皮箱，還堆在娘家樓上我的房間角落，這是當年爸爸結束在沙烏地阿拉伯外派工作，帶回台灣的行李箱。裡面有一塊西裝布料，在我出嫁時成為爸爸身上的西服。

當年嫁給先生時有件插曲。結婚地點在苗栗的竹南，當地搭棚辦外燴喜宴是很普遍的，本來要借用一所學校操場，爸爸堅持不肯，說我是唯一的女兒要出嫁，一定要在室內。後來夫家去租了公家機關的禮堂，全程鋼琴伴奏，婚宴現場還引起親朋好奇詢問怎麼請到琴師，以後婚嫁也要比同辦理，爸爸在喜宴上開懷地直跟親家道謝。

時光拉回小學四年級，爸爸外調台北，每周末回到台中家裡，都會帶回兩支炸雞腿給兄妹倆解饞。期待爸爸打開大門的鑰匙聲音，立即從客廳衝出來接走油紙袋兜著的大雞腿，咂嘴時雞皮還有油炸的脆度。

即使如此，兄妹倆讀私立中學時，家庭關係卻變得非常冷淡。爸爸是軍職，圈子不大的同事間，非常多人家的小孩都讀同所私校。我的功課非常糟糕，月考後的晚餐，就難免聽到爸爸提到誰家小孩是班級第一名全校排行榜如何。我的心裡很委屈，覺得上課聽不懂，已經很無助去補習了。常常一開話題，我就賭氣丟下飯碗，寧願餓肚子也不聽爸爸的碎唸。

爸爸跟我的疏離感一直沒有拉近。我在高中時還堅持去住校，遠離他對我在課業的期待。北上在三專讀書，更是很少回去老家。「無話可談」是我甩不開的固執念頭。「這個月生活費匯進郵局了嗎？」、「這個月錢不夠用，再匯兩千元給我吧！」用宿舍外面的公用電話打回家裡，也總是寥寥數語。

　　「你爸爸來找你，沒有遇到嗎？」大個兒在教室外擋住我，通報了這個消息，同時轉述跟爸爸的對話：「世芬成績很好，期中考的廣播電視學，全班只有你的成績是 100 分。」、「看得出來他好高興喔！」我真的悵然所思起來，爸爸惦念我。

　　多年來，在台北求學結婚又生子，似乎也一手包辦所有決定，偶爾才想到帶孩子回去看父母。

　　「爸爸跌倒了，要不要回來看一下，我不知道要不要緊？」，接到媽媽電話，一路飛奔進高鐵站請大家讓我先購票，才體會到爸爸一直在我心裡，一幕幕影像滑過，我很怕失去他。

　　之後，爸爸憑著毅力拿掉插管、抽掉鼻胃管，再度站起來。直到因心臟病發再度入院，我陪伴他從加護病房轉入普

樹欲靜而風不止

通病房，直到病情漸趨穩定。那天，難得暖和些，推著他的輪椅去中庭曬太陽，「爸爸，我要回台北看看女兒了，她快考大學了。」

「你要回去了？」我用力緊握了爸爸有點出汗的雙手，安撫後離開了。這是爸爸跟我說的最後一句話，隔天他倒下再也沒有醒過來。我知道他心疼照顧的辛苦，只能先放下彼此握住的手。

我相信爸爸從倚靠女兒照顧病體，就知道我一向有勇氣擔起；就像倔強的女兒成為 Lucas 的阿嬤。我們會走得很好的，爸爸請你放心。

I-6

因為他愛家
我們相親結婚，

結婚這件大事，千萬別用體重來要脅。初識阿公，他的體重是 84 公斤，我是 48 公斤。經過 31 年婚姻實測，已經在天平兩端能保持平衡，我的體重是一點都不輸他。

　　31 年前，我的同事 H 大步跨進廣告創意部，搭在屏風上興匆匆地說：「我的高中同學吳佳佩人非常老實，在鐘錶總代理當業務，家裡開玻璃工廠，我介紹你們認識？」他看我有點猶豫「吃一頓飯，沒關係啦！」同部門的三位男同事，竟然各自帶著要當伴郎的眼神，「好吧，周五下班吃晚餐」。

　　約定時間到了，我是單人赴會。正準備要進餐廳，看到一位穿著整套淺咖啡色大格子西裝體格壯碩的男子，從不遠處往我的方向走來，心中有個直覺：不會這麼巧就是他吧！快閃進這家以魚料理出名的餐廳，隨即看到這名男子推門跟我的同事打招呼，果然是他！腦袋立即反射：怎麼這麼胖？還穿大格子！

　　他被安排坐在我的旁邊。同事不斷地找話，他有點不知所措，被勸進為我夾菜，還打翻眼前的調味碟。過了半個多月，同事又來搭在同一塊屏風：「怎麼樣，對我們同學的印象？要不要再見一次面？我的同學很老實，不要一次就否定啦！」。

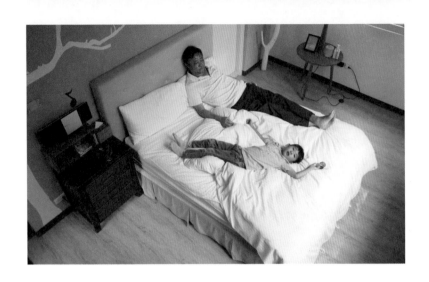

愛家是生活中真實的陪伴

「先減重 10 公斤吧！」我笑笑回著。左右同事也笑瞇瞇地露出：讓我們繼續看下去的表情。

現在，當年壯碩的男子已經是 Lucas 阿公。我們在相親飯局後隔 3 個月訂婚了，半年後喜帖印著新郎吳佳佩新娘潘世芬。

最大的轉折點是在他約我去苗栗竹南家中做客。端出的滿桌佳餚，有我最愛的螃蟹大蝦，家中大姊和小妹很和氣地邀約上桌，「吳媽媽」看出來我對海鮮的執著進攻一直勸菜。我的碗前堆滿棄甲的蝦兵蟹將。

佳佩從進家門就在媽媽和廚房間進進出出當幫手，家人間呈現出非常強大的親密感。相對我的原生家庭，哥哥還在

求學，我已離家在台北工作，爸爸媽媽是天天進出股市的標準「公務員」，話題都在股票買賣起伏，完全是不同氛圍的家庭。

日後，我們多次回去，他的愛家顧家和孝順，點滴在言詞間展現無遺，我告訴父母決定嫁給佳佩。

至今，他的孝順也會替我的疏忽惦念「爸爸的忌日快到了，要不要去五指山公墓拜拜？」先生提醒了我一句。「啊，對！」我差點忘了。「明天我去市場買素包子，再買爸喜歡的哈蜜瓜。」先生自然地說出來想準備的供品。

結婚 30 多年來，先生一向是家中掌廚。他在出差期間，一定先熬煮一大鍋滷肉海帶豆干素雞，只要我煮一鍋飯就能跟孩子有一頓飽餐。他從外地回家，也常為孩子添購新衣。

儉省的個性也總是為家人先著想，一直都不變。「阿公，你的牛仔褲破了，不要穿破褲子送我去上學啦！」連孫子Lucas 都有點看不下去了。「那麼我穿去買菜，可不可以？」阿公逗著他說，看著孫子嘟起嘴，大家都笑了。

進入熟齡開始體會雋永的幸福：一位好先生不一定會是好情人。多年來，只有結婚時手上捧過一束花。當初看中的優點，現在我更看重了。

I-7

所能做的小事
最輕鬆的媳婦

「我們要去做菜頭粿」婆婆坐在輪椅上，帶上幾個孫兒女要往巷子另一頭有石磨的鄰居，來去借磨做米漿。

「媽，我也要去！」用不怎麼輪轉的台語跟婆婆說了，拿起抱在婆婆身上的小米桶一起出發。這樣來去一趟回來，就是在婆家我能做到的小事。

出嫁前，我是連廚房都沒有進去拿過炒菜鏟的嬌嬌女，而先生的姊妹從小就跟在婆婆身邊學得一手好廚藝，連先生拿菜刀切蔥的功夫都極細緻。

當時我們周末多半就是回去苗栗竹南的夫家。我在廣告公司工作，常常下班後腦海還在掛心創意提案。回到婆家窩進房間拼「作業」是常有的事，等著吃飯才被呼喊上餐桌，就能嚐到一桌好菜。

夫家大姊跟我說：「媽知道你喜歡吃新鮮大蝦和螃蟹，特別趁漁船剛進碼頭就去攔住漁家。」餐桌上香蔥油爆大蝦好吃到滿手醬汁地舔手指，婆婆還是溫和地笑著說卡緊吃，也不在乎我在廚房做過哪一道菜。

婆婆的好手藝讓公公很少外食，甚至家裡的笑話就是：「只要媽媽去過的餐廳，回家就會做新菜。」婆婆有糖尿病

早已行動不便，撐著還能進廚房時，兒女都只能當副手，我更是只有幫大家盛飯的小事。

婆婆的體力衰退到需要請人照顧後，來自菲律賓的阿黛拉國語還不是很好，婆婆不會說英文，不過教作菜完全難不倒她。肉絲要細切嗎？右手往左邊手臂比劃一下，再比個刀切手勢，阿黛拉極有天分，就知道去冰箱拿里肌肉，準備細切炒肉絲了。婆婆把她也教得做一手好菜，我們笑說，回去家鄉都能開中國餐館了。

我做過的小事還有陪著婆婆在門口曬太陽，剝掉豆芽菜尾端小小的鬚。她說，公公覺得有土味，要剝掉才能炒菜。我的台語很糟糕，婆婆也不習慣說國語，多半是剝完一個裝菜盆子，接下來就捏捏按按婆婆的肩膀，倆人在騎樓繼續曬著近午的陽光等著吃飯，或者推著輪椅去廚房看看做菜。婆婆與我的相處就是很溫暖，她不在乎我會做什麼了不起的廚房大菜。

婆婆的糖尿病拖久了，有時候也會跑出孩子脾氣。有一回一直腹瀉去住院，結果是偷喝了冰汽水。我們回去探病，摸摸婆婆插著點滴的手叨唸了一句：「媽，你怎麼喝汽水啦！不是不讓你喝，你看，拉肚子了。」她也是笑笑：「就突然想喝啊！」

婆婆再度因為糖尿病併發症倒下，家人決定不讓她再受苦，她的眼角流出一滴淚，被我們帶回家了。那一晚，棺木停在客廳，我在旁邊小桌折著蓮花紙座，一個人簌簌地掉淚。一個身影探在身旁慈祥地看著我，我也回了一聲：「媽」。我真的只能為她做這件小事。

　　婆婆的身教讓我學習到，自己也成為突破傳統觀念的婆婆：真心對待家人，沒有媳婦熬成婆這回事。

　　如何對待人生這一席宴呢？

I-8

離家出走記
赤腳女兒的

爸爸的腳踏車經過國宅的巷子，載著我弓著背邁力地往前踏，經常去吃餛飩麵的麵店已經拉上竹籬柵門。路上沒有行人，獨剩昏暗的路燈有著小蟲子在燈光下飛舞。抓著爸爸座墊邊緣，在鐵架後座屁股壓得很痛，心裡更是委屈。

　　我知道對面孟家姊妹的家庭旅遊對我來說，是完全不可能了。我想，再也不會有鄰居約我去哪裡玩了吧！這一次是孟家跟我同年的三姊，站在門口剛好遇到我回家，喊了一聲：「星期六要去海邊玩水，你要不要去？」訝異地轉頭：「應該可以，我問爸爸一聲。」

　　巷子裡 10 戶對門人家，只有我和哥哥讀私立小學，平常放學下了校車走進巷子，黃家五兄弟嘶殺玩躲避球，總要暫停讓我穿過再開始戰事。回到自己在二樓的房間，常在半遮掩的窗簾後面看著放學後的巷弄，和我同齡的鄰居各個玩得起勁。偶爾羽毛球掉進了圍牆，我立即衝下樓去撿起丟出牆外，聽著傳來一聲「謝謝」，才心兒砰砰跳地回去房間，坐回書桌前攤開課本，即使溫書也是心神不寧。

　　孟家的海邊邀約是一個引爆點，「為什麼我都不能跟大家一起玩？」爸爸回著不能去，我大聲地吼回去。爸爸抽起褲子的皮帶揮起當鞭子，我見狀衝回房間，他用力推開門往我身上抽來，只能哭喊回去：「我就是要去！」

拒絕更需要勇氣

　　這次沒地方躲，拉開大門狂奔出巷口。安靜的巷子只有傳來電視新聞主播的聲音，回頭看一眼爸爸沒有追出來。走到下一條巷口的雜貨店，才發現自己沒有穿拖鞋而是光著腳。

　　走在柏油路上，國宅旁麵店的燈還亮著，滿臉淚水鼻涕只能往身上抹，閃過身去不想讓老闆瞧見我的狼狽。不知道去向，只能再走再走，直到看到台中公園的樹蔭在紅綠燈對面晃動。這裡我有一點熟悉，台北親戚來台中，爸媽才會帶來湖畔餵魚的名勝景點。

　　自己坐在遊樂區前的石椅上發愣，一位陌生人靠近我：「妹妹，你怎麼一個人在這裡哭？」還好遊戲區旁沒幾步路

就到公園外面人行道，立即離開穿過白鐵欄杆走出去。越過斑馬線走進昏暗的騎樓，繞過幾輛破舊沒有人要的腳踏車。

有一處雙併鐵門半掩一扇小門，我也無處可去就推門進去了。一個房間透著光線還流出說話的聲音，覺得所有的力氣都消耗殆盡了，就靠著走廊牆柱呆坐下來。「你看起來很累，要不要進來坐一下？」女子溫柔的聲音在耳畔響起。

她很溫和地想問出我的名字家住在哪裡？要了衛生紙擦拭掉眼淚，不知道為什麼又開始爬滿臉龐，我好疲倦眼睛好酸澀，什麼話都不想回應。

我們斷斷續續地一應一答，直到爸爸的臉出現門口，我很驚訝卻什麼都沒說。「回家囉！」女子溫暖的聲音催促了一下，拍拍肩膀讓我跟爸爸回家。一回到家就躲進浴室，拿水晶肥皂用力搓洗腳底，父女倆什麼話也沒說。

後來，我才知道那裡是生命線協會。多年後我問爸爸記不記得這件事？他笑著說：「哪記得？」

如今倔強的孩子都當了阿嬤，開始明白撤遷來台的軍人爸爸對一種未知的擔心，一心只想保護我。

當年只是勇敢地離家出走，現在才知道愛有意義，懂得拒絕才是勇氣！

I-9

潘世芬，

請來讀你的作文

「快樂是什麼？」

當年就讀的私校在中部頗有名氣。在還有髮禁的年代，檢查頭髮是用原子筆在耳垂下方比一比，超過一公分就要重剪。

　　高中時最好的聊天對象就是訓導處黃教官，她會在午休時間廣播我去：「公車站牌那邊有安全島，為什麼你要走在車道啊？」，「我跟同學聊天啊！我把安全島讓給她走。」

　　她說，周末的勞動服務要有你了，以後不要這樣，要顧慮安全，我點點頭轉身回教室。初中樓和高中樓間是綠化零瑕疵的大草坪，被留下來拔雜草總有我一份。

　　求學階段對我來說，最大的安慰是高二時遇到的國文老師李飛。她的俐落短髮，搭配說話總加重句尾重音，成為頗有個性的音調。一個成績不怎麼樣又倔強的高中女生，卻只在乎國文科，絕對是一種你看重我，我就要表現更好的義氣。

　　李老師的獨家授課密技，就是「作文課朗誦學生優良作品」。每次發作文簿下來常常會點名我，起立讀出作文給同學賞析；如果，哪次沒有我，心裡還會悶悶地不開心，聽不進同學的好文，就是在乎到如此小心眼！

　　高二上學期得到最高分的一篇文，是「快樂是什麼？」記得幾段的描寫：

單車踏騎來學校，抓準 13 分鐘刷進車庫衝進教室，班長點名進行才過中段座位，在她的眼神下剛好一溜煙坐進最後一排座位。

單車踏騎經過油漆刷白發亮的氣象局，跟頂端公雞避雷針打個招呼，心情也很飛揚。

單車騎踏等紅綠燈時，伸手遞錢取回水煎包攤剛掀木板蓋燙手的韭菜包，換燈起步邊騎邊熱呼呼地咬上幾口，到學校前經過幾個紅綠燈剛好吃完。

我的快樂很簡單！

揮灑 3 頁的飛舞文字，得到 83 分的全班最高分。不過，李飛老師更帥地是給過我一次 50 分成績，拖垮整學期的作文平均分數。沒有什麼好說的，她看穿我不認真寫那個作文題目，直接賞個不及格。接著，她就若無其事地指名我和王千宜去參加校刊編輯小組。那一期丁主編是後來考上北一女，品學兼優的佼佼者，不過，幾乎所有投稿文章的分類小標，都採用我的構想。其實，我也是不停地翻字典，找到順眼霸氣的名稱，例如：「罡風」，勁風的意思，就用於議論文類。

校內作文比賽是丁同學得到第一名，我笑笑的跟李老師說，我不會寫之乎者也的題目，她也笑笑地沒說什麼，知道

平淡中的快樂才是擁抱幸福

我是極為忍耐才熬完作文比賽的時間。

　　媽媽是我就讀學校的老師,李飛老師跟她說過,我的文章寫得很好。回家跟爸爸提了,他的眼光亮了,很高興聽到這件關於好成績的事。

　　與李飛老師的師生情緣只有短短的一年,她就調校省一中教書了。當年作文課的朗誦,拉拔起我的自信。大學填寫志願,選擇大眾傳播與新聞系,至今對文字情有獨鍾。

　　直到過了 40 多年當了阿嬤還記得:「潘世芬,起來讀『快樂是什麼?』」我推開椅子站起來的剎那,覺得自尊心也容光煥發起來。

搖啊搖，盪啊盪！心在當下享受幸福！

為理想敢衝的勇氣

山居菁桐村，

我一直把新北市平溪區菁桐村，當成很重要生活過的地方。當然，不是說我在兩年半的山居歲月，身心舒坦胖了 10公斤的這件事。

遷居菁桐山村，是想給孩子別於城市的童年。當初，找到村裡的菁桐國小，我和先生討論，他質疑有必要搬到這麼遠的地方去讀書？離開台北的住家要在山上租屋？結論是，孩子喜歡山上環境，我能張羅好住處、學籍等細節，那麼他沒有意見。

「溫泉，你能幫我在菁桐村裡看看有沒有要出租的房子？」我去找菁桐村入口的溫泉商店老闆溫泉商量，他知道我想讓孩子上山讀書。

「街上有一間空屋，空很久了。屋主在平溪開理髮廳，我去問看看。」對於只見過幾次面，帶著理想的城市媽媽，他有著成全的心意。

溫泉是凌晨三點就要去萬華批發市場買蔬果，是菁桐最大的雜貨店家，店裡有每天忙不完的事情。他為我去談了租屋，接著，介紹我去找寄籍。在風氣保守的村子，他以自己的信用為這個家庭做好背書。

後來，我聽到在平溪開理髮廳的房東說，要不是溫泉來說了幾次，她這麼忙哪管得到這間舊厝！

走進山村實踐理想的勇氣

透過溫泉,平溪的屋主整修了廢棄已久的房屋,我們搬家到離學校 1 分鐘,剛修葺乾淨的菁桐街 81 號。

村子裡出現陌生臉孔,不只一個人問過我:「是來學校教書的新老師?」這是第一次在人口外流的菁桐村,有城市家庭搬到村裡小學讀書,而且住在一座荒廢已久的房子,對於村人是一件帶著困惑的事。

搬進菁桐村,開始就抱著一個念頭:我們不是外來短暫做客的家庭,是來生活的。我在藥局前和賣魚的小販交關,我跟賣饅頭豆漿的老伯買早餐。我要下山,賣肉羹的老闆說:「不用放錢,孩子放學先去吃飽,回來再跟他算錢。」

我去探病車禍住院的淑梅，她很憂心無法工作，家裡生計怎麼辦？萬一公所找山坡割草的人，沒有去工作會少賺了生活費。我知道煤礦山村的女人，身負家計不能出狀況的，難怪她有心事。

陳媽媽跟我說，想看看有沒有人想外包便當，想做點小生意來補貼家用，我立即答應交給她做兒女的午餐，讓她有了開始。

她們都是我在菁桐村認識的媽媽們，在一張樸實面容下，有著為家庭奉獻的堅強心志。

晃眼 20 多年。當年為了給孩子更多元的童年生活，全家山居菁桐村的兩年半，不斷縣延思念，在我的記憶有不可磨滅的記憶。

菁桐村老街再造，彷彿抹了胭脂活潑起來。過去的鄰居賣起蛋捲冰淇淋和天燈，村裡媽媽各個有活力做起小生意。回去探望淑梅，她抱著孫子，笑著說要請喝彈珠汽水。平溪菁桐村的畢業紀念冊，也被掀開到 1990 年的山居歲月。

有人聽到我們遷移山村求學，都覺得實在太有勇氣。「勇氣，是踏出了第一步，才會越來越強大」，我一直這樣相信！

I-II

拿走了一根釣竿
我從兒子手中

為越挫越勇的勇氣加油！

「你會煮菜嗎？」友人去市場買菜，賣菜的反問她。她還說，爸爸要買微波爐專用的保鮮膜，也說「算了，你不會買，我去買好了」。

其實，這位友人早已當媽媽，而且廚藝很好。不像我，因為家中的大廚是先生，一向說自己「好吃懶做」太太，他也一向不認為我能下廚做菜。

我不是不能做幾道菜，煎魚起鍋還是連著魚皮。除了苦瓜要不要削皮？是剛結婚的真實案例，其他想不太起來。不過，我的廚藝成長契機就直接被罷免了。

對於兒子，我也做了同樣的事。面對孩子不適應學校的情緒，當年的作法就是轉學，最後讀過三所小學。面對挫折我們都沒辦法心平氣和。

當年兒子進入小學一年級，老師非常看好這位新生，直誇做事能幹，交代去各處室辦事，都能完成任務。不過回家後，兒子常常藉著一點事情，就開始哭鬧。我們的對話總是落入這樣的模式，只能心裡嘆氣：

「今天在學校怎麼了？」兒子就會開始鬧脾氣。

耐心引導、轉移心情，自認懂得的兒童心理學都拿出來，腦袋晃過的重點：「溫和而堅定」的口氣，「如果……，怎樣……。」的說法。多數的結果，都是母子倆各坐角落，他哭得很大聲，我則是啜泣。

爆炸時間定在「3 小時」，跟鬧鐘一樣準確，直到哭累上床，每天要花極大耐心安撫。

我跟老師反應孩子的狀況，她也非常訝異，因為孩子在學校表現非常優秀。甚至，我想了一招：把母子對話錄進錄音帶，拿給級任老師，希望能進一步解決。（現在，想到都覺得自己的作法「太自私了」，老師也有讀小學的孩子，怎麼有時間花 2、3 個小時聽錄音？）熬到一年級下學期，我將孩子轉學了。

兒子進了新學校，遇上擅長引導式教學的自然科老師，連續兩年和同學合作奪得自然科展特優。不過，有家長忍不住告訴我，孩子被新任班級級任老師安排坐在教室最後一排，最靠近門口的座位，兒子經常在上課時間，離開教室在校園遊盪。跟老師簡單談過在課堂情況，說經常打斷老師教學「愛說話」。

我們在四年級又轉學了。我沒有選擇台北近郊的田園式小學，全家搬到平溪菁桐村進行主題教學為主的菁桐國小，過了兩年半山居學校生活直到畢業。

　　現在回頭看兒子的小學生生涯，讀過三所小學的「三部曲」，無關乎我讀了多少兒童心理學的書籍，是多麼尊重孩子是一個獨立的個體，都在無形中剝奪孩子成長的權利與義務。

　　自己從在牆角掉淚的媽媽，51 歲成為 Lucas 的阿嬤，54 歲再成為旅遊部落客，58 歲成為專欄作者和出書作者，已經找到新釣竿去四處玩耍，不在乎先生當初給我的是吳郭魚還是白鯧魚。

　　但是，直到當了 Lucas 阿嬤再次當上奶奶媽媽角色，才明白當初小學就拿走兒子握在手中的釣竿，就缺乏當下成長的試煉。

　　大人與孩子走過挫折培養耐受力，或許過程很辛苦，更要有勇氣才能越挫越勇，得到真正的快樂，我們一起加油！

就不哭了
找到你的「窟」

我的「Lucas阿嬤愛旅行」寫作地點，有好幾個咖啡館的「窟」。這樣的存在讓我的鍵盤飛舞，文字如潑墨能揮灑。我沒辦法在家裡寫稿，午餐時間才會冒出阿公的一句話：「要不要吃飯？」剩下的是客廳隱約傳來的追劇聲量。

　　這些哪有咖啡館精彩啊！咖啡館才有好聽的八卦。某天寫文的配音是：已離婚的甲男，幫單身王老五乙男追某風韻熟女。不禁眼角撇了路人甲，古道熱腸口沫橫飛。那麼，奇怪了，他怎麼還會離婚啊！

　　寫稿的隔壁桌位，有幾位上班族舉行直銷產品兩岸視訊會議，反正脫離職場很久了，乾脆就順便聽一場說明會。主持人以毫無起伏的國語正音班口吻，介紹滿滿 1 小時產品優點和績優業務作法，弄得我好納悶啊！不是應該有團結呼口號的熱情嗎？果然，只聞其聲不見人影的對岸高手，只有在不停詢問：「有沒有問題？」零落地拋過來兩個提問。如果是我，可能會極為尷尬。不過，這位主持人仍然以四平八穩地口氣，下台一鞠躬結束會議，然後若無其事地閒談起其他人。

　　阿公、我和 Lucas 居住在台北市小康坪數的「好窄屋」，讓我更愛去咖啡館，常常整天在「窟」裡寫作，更常是開門營業到天黑等級，而且選擇有插電不限時咖啡館，不好意思地說一句，我的消費絕對不是 VVIP。

西雅圖咖啡旗艦店有最愛的蛋沙拉三明治、延吉街 2730 咖啡館有老媽媽爌肉飯、吳興街老窩咖啡有精選奶茶、光復南路摩斯漢堡有輕檸雙牛堡，以上 4 家都把我當熟客，員工態度都非常友善，是否應該在書末扉頁致謝啊！

不過，比較尷尬的就是我的哭點很低，常常邊寫文邊掉淚擤鼻子。寫到這本書中，爸爸遺留金條成為我的旅遊盤纏；婆婆對我的疼愛，而我只能為她做的是一些小事；懷念起親人的文章，總是淚灑電腦鍵盤滴成淚痕。

我暱稱西雅圖極品咖啡世貿旗艦店的一樓，兩道夾板中間背對外面區域的雙人位為小包廂，不但可以專心寫文，哭的眼淚鼻涕糊了臉，既然看不到外人的目光，就都與我無關。

寫作的「窟」是療癒我的地方，放置喜怒哀樂的心情欣賞人生百態。

曾經有一個窟，是完全屬於你的地方嗎？
不解的疑惑，需要時間對照自己的內心；
開懷的心情，需要仔細咀嚼甜蜜的餘韻；
生氣的怒火，需要冷卻熄滅觸發的火種。

如果你真的沒有屬於自己的時間，必須帶孫兒女到你發現的窟來，溫和地說一聲：一個窟一個人，每個人都待在自己的窟裡。

即使已經當了阿嬤，也要有勇氣拒絕每一個人在每個時刻擠進你的窟。能夠獨處也是一種幸福！

一個人一個窟享受獨處

聽風看海，開心地遇見被療癒的你。

Part 2

成為奶奶媽媽的旅程

我對 Lucas 的愛彌補了媽媽的缺席，我的勇
氣讓自己成為奶奶媽媽。最大的心願是陪伴
他在旅行中長大，成為有勇氣的男子漢。

2-1

就這麼定案了

7-11 阿嬤

新手阿公阿嬤必看，對於接下來的敘述，可能有極高的雷同內容，也很容易對號入座。

話說，阿公預備迎接孫子 Lucas 出生，就想好自職場退休。他極力鼓吹接手照顧 Lucas，為他的「定居」安排好出路。

「年輕人要工作，你不幫忙怎麼辦？」阿公是一個有傳統家庭觀念的人，這樣說，我是一點兒也不訝異。

「可以找保母啊，別人也是這樣！」真的是這樣啊！應該很多讀者認同吧！「台北市的保母費很貴，怎麼養得起？」阿公這樣說，是沒錯啦。我的心裡有點嘀咕。「如果我答應了，以後哪裡也去不了！」我再度掙扎了一下，其實已經心軟。

阿公和阿嬤的對話，是不是很熟悉？好不容易將兒女拉拔長大脫手了，要再接個奶娃，意味著訓練喝奶、戒尿片、逗玩、出門散步，各種安全戒護都得重新來過，甚至還得聽進如何照顧的指令。多少幫忙帶孫的阿嬤，會沒有一點掙扎？

雖然 Lucas 預定報到時間，我不過 51 歲仍算是年輕有體力的阿嬤。

「只有你帶，我們才放心！」兒子和媳婦也加入勸說行列。「大家都希望你幫忙，你就答應吧！」女兒也湊了一句

話，補齊所有家人的期望。「好，帶回來吧！」這一句話，全部的家人都鬆了一口氣。

　　既然答應了，我就有腹案，決定去報名中國文化大學推廣教育部保母課程，學習新知並準備考一張保母證，自己溫故知新帶孩子的方法。如果可行，我就多帶一個孩子跟 Lucas 作伴。「認真的女人最美麗！」這句風行的廣告台詞，套入我的行動根本就是代言人。我以第一名的成績畢業，並且在 102 年一次就考上保母專業證照。

　　「我留個手機電話，看有沒有人在找保母？」去熟悉的早餐店放消息，想就近看看有沒有機會，選擇可以互搭小寶貝的家庭。

　　Lucas 在媳婦休假結束，約莫三個月大的時候來了，結果超級難帶。白天完全是個小超人，晚上不睡覺一直哭鬧，立刻打消一起照顧兩個小嬰兒的念頭。

　　平日是 24 小時的主要照顧者，周末接回的奶娃周日再回到我的手上，更是難帶。這樣的循環下去，看著娃兒回來張手討抱，阿公說：「沒關係啦，就留在我們家。」看著兒媳很無力很累的模樣，阿公因為太愛 Lucas，再度表態阿公的氣度，全年無休的 7-11 阿嬤身分就此定案。

7-11 阿嬤真是玩很大啊！

我成為 7-11 阿嬤，快速地通過 3 個認證步驟：
1. 眾望所歸，阿嬤帶孫子天經地義。
2. 自我成長，考上保母證。
3. 心疼小娃，自願成為 7-11 阿嬤。

我的身邊阿嬤們，有職場未退休當假日保母，帶著小孫輩上才藝課；也有平時善於安排自我進修或是旅遊，堅持當年節阿嬤含飴弄孫，這些觀念和作法都沒有絕對的對與錯。

如果你跟我一樣是 7-11 阿嬤，就要有勇氣再次走出自己的路。我找阿公當支援體系，善於分配時間一個人旅行，我們都進入熟齡了，千萬不要一個人撐得累壞啊！

2-2

旅行阿嬤 說走就走的 vs. 帶孫的宅阿嬤

「你是阿嬤，在家帶孫子就好了啊，怎麼還出來趴趴走？」社會上難免是這樣的想法，來看待一位阿嬤的旅遊部落客。三年前當著面說了這句話的陌生人，著實讓我的心中被刺了一下。

「很多人因為帶孫被綁在家裡。而你帶孫子旅行真開心！」我的讀者 Yang，在我聊到祖孫旅行正當道的觀念時，頗有感觸地這樣留言。

當初，家人也是看著我寫 Lucas 阿嬤愛旅行部落格，需要旅行找寫文素材，說出「你這樣出門，孫子怎麼辦？」。

Lucas 在 3 個月大就來到阿公嬤家，那時候我已經考上保母證，準備以新學的觀念和技巧迎接他。老實說，他不是天使娃娃，晚上不睡覺白天撐著寧願打瞌睡，都不好好睡上一覺。我是主要照顧者。除了生理的吃喝和換尿片的基本需求，哭鬧時也需要去瞭解和安撫。

Lucas6 歲了，我抱著他聊天，問他：「奶奶兇過你嗎？」他立即大聲地說：「有 1 次！」1 次！被記得很清楚。不過，我很確定絕對是相關「安全」的重大違規事件，有立即性危險才馬上阻嚇。反正，我也不記得兇了什麼。但是，我不是會說：「再吵，讓警察抓走你。」、「不要吵，閉嘴」那種話的阿嬤。

不要忘了天空的顏色！

我在一次旅遊講座中分享關於照顧孫子女，怎麼建立家人共同照護。我把 Lucas 教好自理生活小事，支援備胎阿公也覺得陪伴是一件有意思甚至有成就感的事，我就得到獨處時間逐漸展開旅遊。

「我要學你，回家立刻訓練阿公！」結束時，立即有一位阿嬤衝過來，解脫式地拉著我的手說了這句話。

「訓練」有些言重了，其實就是做給最佳候選人阿公，示範讓他看我和孫子做了那些事。例如帶 Lucas 去公園玩，需要盯著哪些跟小朋友相處的安全細節？平日如何帶孫子做好自己的事：刷牙、洗臉、洗澡、穿衣、整理衣物。從 Lucas 大約 3 歲多，已經訓練做好這些基礎小事了。

阿公也需要有完整的放鬆時間，因此我曾經單獨帶 Lucas 去羅東一日遊，甚至，我和 Lucas 倆人結伴去了澎湖四天三夜自由行。現在，更多親子接案和媒體團， Lucas 跟著阿嬤去旅行，宅阿公隨心情跟隊，也很自然變成帶孫的麻吉模式。

　　我很愛 Lucas，不過也需要回到自己喜歡的旅行，四處走走舒緩心情。我沒有預設目的地，就是「靈機一動」，就這麼竄出了台東旅行名單。

　　我在台東森林公園走向琵琶湖時，錄下一個短影音放在臉書，分享獨自旅行的悠哉。本來我就是很能獨處的人，騎上單車在台東穿街走巷，去排隊半小時買了藍蜻蜓炸雞，帶回旅宿翹腳配可樂，點滿整桌零散的吃食。

　　早晨拉開窗戶，轉運站就在眼前，立即決定搭上台灣好行去三仙台和比西里岸，說走就走的輕旅行成為日後隨興旅遊路線，這趟台東行成為「Lucas 阿嬤愛旅行」部落格的寫作起點之一。

　　每個阿嬤都是獨一而完整的人！可不是那句話「就帶孫子就好了啊！」就畫上句號，要當一個自在的阿嬤，長輩圖才笑得出來。

2-3

不只是阿嬤

也是「奶奶媽媽」

2017 年 1 月我在台南安平旅行，接到阿公一通電話：「Lucas 媽媽在急救，可能救不回來了！」我請民宿幫我叫計程車飛車高鐵站趕回台北。我的媳婦急救無效，找到讓她平靜的地方了。

Lucas 在告別式顯得超乎的冷靜，依循親友的引導禮數敬禮上香行禮，不像一個 3 歲孩子。我牽牽他的手，趁空抱在椅子上輕撫瘦弱的背部，小小的身軀很僵硬。

終於，我們回到家了，他說不要吃飯，我一直摟著輕輕地拍著，這天起他沒有媽媽了。

Lucas 開始不自覺的用力絞手，不時去啃指甲，我輕輕地將拳頭鬆開拿下。他又縮回去繼續重複同樣的動作，我再次輕輕將小手鬆開，握在我的掌心，搓揉拍拍再抱起來坐在腿上，他會掙扎，我需要一點力氣將他抱起，擁抱他輕撫他，輕輕地說：「奶奶愛你」、「奶奶愛你」。

他總是趁機溜下，找一個角落窩著默默絞手。我去坐在他的旁邊摟著他的肩膀：「奶奶愛你」。

當時，他還沒有上幼兒園天天去公園，看他一個人溜滑梯，慢慢地下來，緩緩地走上階梯，站在上面發呆。

奶奶媽媽是愛的後盾

　　我跟阿公商量，他快 4 歲可以找幼兒園了，有老師和同伴，可能會好一些。我連絡了邱園長，聊過 Lucas 的特殊境遇，她同意我們立即入學。

　　Lucas 非常接受這所學校，聽老師說，都緊緊地跟在她後面，看著做什麼？午睡時間就躺在老師旁邊，能很快就安穩睡著。

　　過了半年吧，他的畫中有爺爺奶奶爸爸，媽媽變小了。他的緊張不安才放鬆下來，指甲不再光禿禿的。

　　有一天，爺爺去幼兒園接 Lucas 放學，一個活潑的小女孩跟 Lucas 是好朋友，過來問：「Lucas 的媽媽死了嗎？」

爺爺嚇一跳，說「你怎麼知道？」我們在家裡共同的說法，都是「媽媽當天使了！」

Lucas 的記憶裡沒有忘記媽媽。他的桌上也有一張全家人的合照，能夠說出來也是一件好事。

我一向跟園方保持良好溝通。帶班老師說，就突然跟小朋友說到：「媽媽當天使了」。小女孩倒是很直接，知道直接使用「死」這個字眼，而且不害怕，是小女孩來「報告」，Lucas 在學校說了什麼令她印象深刻的話，倒是爺爺被嚇一跳。

有一次，我去安撫發脾氣哭鬧的 Lucas，他紅著眼說：『能不能有時候叫你「媽媽」？』、「當然，可以啊！」、「你一直跟我們住在一起，好像爺爺奶奶的小孩啊！」、「雖然我是奶奶，偶爾也可以叫我媽媽！」他就很撒嬌地連聲叫了我幾次「媽媽！」「媽媽！」。

我在 Lucas 媽媽過世時，第一個念頭就是，我要從哀傷中走出來，才能照顧 Lucas，他不過是個 3 歲的孩子。在知情的親人中，覺得「他沒有媽媽，好可憐喔！」這個時候，我想要陪伴他成為一個健康的孩子。

我要先有勇氣，成為「奶奶媽媽」的角色。對我來說，絕對不是沒有壓力。只是，對幼齡的 Lucas，我知道陪伴才是走出親人逝世的良藥。

2-4

用愛陪伴孫子長大
是甜蜜不是負擔，

夫家大嫂打電話給我：「Lucas 才三歲，媽媽就走了，以後怎麼辦？」我毫不遲疑地說：「他有家人，我們會陪伴孩子長大。」，「以後這是你們甜蜜的負擔了！」仍然忍著心酸堅強地回應「他是我們的家人！不會是負擔啦！」

Lucas 在 3 個月 Baby 時期，我們就接手來家裡住了。第一次顛起屁股咚地翻身、在地墊上拿著玩具誘惑多爬一爬、看他扶著嬰兒床頂起小肥腿站起來，我們沒有錯過 Lucas 的第一次。

臉書的每一年回顧，手機裡跳出 Lucas 包著尿片跟著大孩子後面玩 123 木頭人，轉眼在大安森林公園蓋沙丘城堡、挖掘護城河水道、在注水的泥坑上跳躍。

Lucas 在媽媽離開的那一陣子，從他一直絞著手指就知道孩子說不出的焦慮，**我知道必須勇敢接手，跨出第一步扶持孩子。**我在他的耳畔一再地說：「奶奶愛你。」即使孩子一直閃躲擁抱。倏忽地六歲了，我在睡前喊一聲討個親親抱抱，他就會來給一個溫暖的擁抱，在頭上親一下。天天累積出愛的抱抱，都是點滴在心頭，絕對是甜蜜而沒有負擔。

阿公會比 Lucas 先起床，安靜地先去廚房做早餐，永和豆漿的燒餅、切邊的三明治、熱個包子，輪流換著準備。「咕咕咕」學公雞聲抱起在床上滾來滾去的小孫子，裹著媽媽在寶寶時買的睡覺用「洞洞捏捏被」，將撒嬌的小子抱去沙發，祖孫倆共享早餐。然後，就傳來我的愛的催促「快要上小學了，早上不要看 ipad 啦！」再補上一句「阿公，不能這樣寵了」。Lucas 就會「保證」上小學就不看了。我視這樣的聊天為愛的對話。

我的旅遊部落客「業務」漸漸展開，阿公跟我的分擔模式也差不多定型。他負責接送 Lucas 上下學，我會間隔一段時間出現，和園方老師聊聊孩子的身心發展與行為。我也會儘量接親子案，帶 Lucas 和阿公出門旅行。阿公嬤共同成為 Lucas 心中安定的力量。

Lucas 的大班生活快要結束了，有一天去接他放學，很興奮地秀給我看長頸鹿布袋的「縫工」，已經將圖案縫在布面上，準備製作成環保袋。我很開心擁抱著他「奶奶都不會」，真的啊！我都忘記多久沒拿針線了。他也從 ipad 影片自學注音符號，請我幫他買練習本鉛筆橡皮擦和鉛筆盒，開始成為小學預習生。

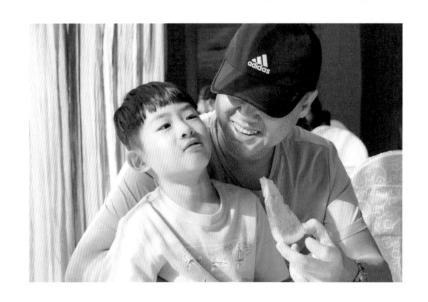

陪伴是最無價的愛

有一天，很捨不得地探問「有一天奶奶也會當天使的。」
Lucas 窩進我的懷裡很認真地說，「奶奶，以後我們家會有
大院子。如果你走了，我會將你樹葬，天天都能看到你。」
孩子的童言，溫暖了我的心。

Lucas 才六歲就能說出天天思念阿嬤的話語，相信任何
在愛中長大的孩子，都會明白陪伴是最無價的愛。

2-5

以後會是個男子漢

Lucas

在旅行中長大，

親子旅遊沒什麼大學問，就是好玩＋放手，孩子就會成為麻吉旅伴。阿嬤的孫子 Lucas 從整理隨身行李準備旅行，走在旅途中直到歸程，我最常說的一句話：「你知道怎麼做啊！」下一句就是他的回應：「你不用幫我，我來做。」我要做到的就是，相信孩子在一次一次的旅程中「他做得到」！

阿嬤選擇帶 Lucas 去的旅遊，對親子們都算是爆汗卻非常新鮮的行程。在台東關山永康部落，我們拉繩索走山林陡坡的獵人步道。自己拿著竹片插著的生烤肉串，圍蹲在炭火旁邊轉動烤肉，燙口地小口咬食。手上撿了枯葉木片當紀念品，快樂得不得了！

阿嬤非常注意地方特色網站，例如台東在地成立的「饗嚮台東」平台，會追蹤行程讓孩子離開舒適圈，一起有勇氣去做不一樣的旅行。

我從「饗嚮台東」平台，發現阿山哥無毒小棧的農遊小旅行。阿公和我帶著小孫 Lucas 去鹿野旅行時，就連絡了阿山哥。他一把抓起 Lucas 上鐵梯，替香蕉疏果摘花；Lucas 穿一條又舊又有破洞不怕髒的牛仔褲，在鋪著稻草的田壟邊，跟著撒油菜花種子當成綠肥。

有一天天氣熱壞了，一早起來我就跟 Lucas 說「奶奶帶你去玩」，爺爺習慣地拋一句說：「又不上學」。我們各自揹上包包，揮揮手走了。

這趟是先搭車到苗栗高鐵站，再轉搭苗栗客運 5815 往好望角休閒園區。我看到網路文：臨著西濱快速道路的邊坡，白色風車在藍天下甚是美麗。

苗客的公車行駛路線很長、站名又多，每一站廣播就催眠地令人昏睡。突然聽到某個站名，立即拉著 Lucas 就下車。哪有風車啊！發現聽錯已經來不及了，公車揚長而去，下一班公車間隔兩小時。我們下錯站，旁邊是午睡時分靜悄悄的三合院。

我跟 Lucas 坐在擺著褪色塑膠椅的站亭，開始想辦法。先查計程車，需要從苗栗來載客，鐵定不便宜。「找警察！」Lucas 大喊，「好方法ㄟ！」究竟，苗栗警察局哪個分局啊！查不到。想想，這不是警察公務吧！Lucas 在我身邊，大熱天不喊渴不抱怨我帶他下錯車。我握著他出汗的小手，覺得很欣慰。

「搭便車」這是最原始直接的方法。路邊攔車看看有沒有好心人載我們去好望角。前兩輛小轎車呼地就過去了，第

／男子漢培育旅行要從小做起

三輛是大貨車，我是不管三七二十一，招了再說，總是機會，當然對方沒搭理。第四輛是一輛黑色小轎車，讓我們坐上了後座，冷氣好強好舒服，一張名片遞過來，是一家綠能工程公司，真是很細心的動作。

Lucas 和車上的好心人聊得很起勁，說我們住在台北哪裡哪裡，他讀哪一所幼兒園，我是奶奶帶他出來玩。下車前，還請他們搖下窗戶，讓我用手機拍下他們的合照。

雖然我是一位旅遊部落客，老實說，也是個迷糊的阿嬤。凸槌阿嬤教出有行動解決能力的孩子。相信，Lucas 在旅行中長大，以後會是有勇氣的男子漢。

2-6

蹲下來從
Lucas 視角
一起看世界

Lucas 的心思纖細，有時候說出來的話會讓我很心疼。「奶奶，你們不養我了嗎？」在渡假的溫泉酒店床鋪上，突然地說出來這一句話。

馬上一把攬來抱在懷裡說：「你都跟爺爺奶奶一起住，怎麼會說這樣的話呢？」，「我們要看你長大，當然會養你」。

「可是，今天體驗田裡挖地瓜，人家說我不乖，要把我留在田裡。」他有點小生受傷的模樣「你還說，好！」。「我哪有！」他很堅持沒聽錯「就是你說的啊！」。

好，現在我不記得有沒有說過不重要了，他擔心了。Lucas 在 3 歲就失去了媽媽，我們是他的依靠。

他又說了：「今天生態導覽看樹賞鳥，我沒有興趣，也沒有離開啊！」的確有些道理。Lucas 也曾在美術館的戶外導覽，被導覽員直接跟我說：「他是不是過動兒？」室內解說，他走來走去，出到戶外引起興趣了，在互動中找人模仿雕塑姿態，Lucas 立即去比給同行者看，引得哈哈大笑，他也覺得有趣，對於戶外型的孩子，在室內要先提醒他不去越線太靠近作品，應該先讓他知道活動方式。

Lucas 跟我去峇里島烏布藝術村（Pondok Pekak Library & Learning Center），知道那裡是一座給社區孩子的圖書館，我們討論在台灣是不是要準備些小禮物送給當地的小孩子。

我覺得這是很友善的行為，也鼓勵他這樣做。Lucas 掏出零用錢買了 20 支可以替換筆心的彩虹筆，他想帶給 Kadek Dita 畫畫老師送給當地小朋友。

曾經有一次我接受寶島聯播網「寶島有意思」的專訪，主持人靜嫻問我：「怎麼有勇氣帶孫子去旅行？」

「你就把他變成你的麻吉旅伴！遇到事情，找他商量該怎麼辦？」「旅行中儘量找他當小幫手」。

常看到全家旅行，大包小包行李背包都在挑夫爸爸身上，然後會走路的孩子全程要媽媽抱著。這樣的家庭旅行，爸媽回來會累得躺三天。想到連假，無處可去要出遊就覺得很疲倦。

「麻吉」這招，Lucas 很受用。我清楚溫和地提醒，或是告訴他怎麼做，就能把自己發揮得很好。在車站，你會看到一個推行李箱的小孩，然後我揹著背包，眼睛瞄著輕鬆地跟著。

你的麻吉旅伴怎麼看世界？

有一次，我們旅行在豐濱鄉靜浦村新太平洋 1 號店，有一個當地小學孩童的攝影展。Lucas 跟我借手機很專心地去拍這些照片，也無意拍到掛著擦汗毛巾，正在取鏡有些疲勞神色的我。他把我拍得非常傳神。我和 Lucas 天天都會親親抱抱，他似乎是我們晚來得到的小兒子。

我常常蹲下來跟 Lucas 說話，他不過 130 公分的個頭，我喜歡拉他過來平視，更友善地對待他。

阿嬤相信：如果我們互相擁抱，蹲下來從 Lucas 視角一起看世界，他就能好好長大。

2-7

部落旅行
讓嬤孫愛上了
互助精神，
織羅部落的

「阿嬤，織羅部落的 4 天 3 夜工作假期，你能不能參加？」Line 裡的公關公司窗口跳出來這個邀約。當時，56 歲體力不耐操的旅遊部落客，這個案子會很辛苦，我猶豫了 10 秒，「好，你再把行程細節發信給我」。

早已嚮往「部落工作假期」，覺得所有旅遊狂熱份子一生一定要參加一次，根本很難拒絕如此有意思的行程。但是，體力損耗指數和專業技能指數都超過百分之 60，也不打狂語！

共計四天工作假期，志工們在花蓮玉里火車站集合，前往「一起 MIPALIU 織羅縱谷部落學習工作營」的地點：花蓮縣玉里鎮春日里織羅部落。這裡是齊柏林導演拍攝《看見台灣》紀錄片，在稻田割出九個大腳印「邁步向前」意象，所選擇的最美稻田地點。

營隊名稱中「MIPALIU」源自於阿美族語，為農作收成期間，部落的小農彼此以「換工」協助收割，彌補不足的勞動力，表現出傳統文化中的互助精神。織羅部落「米 86」團隊承襲 MIPALIU 精神，以原民的善良與堅韌、天性與樂觀，陪伴來參加營隊的志工。

第一天行程算是輕鬆。從阿美族頭目祭祀祖靈儀式展開、認識帶領大型慶典領唱的 ina；社區雜貨舖前聊天的 ina 母親們，行小米酒最敬禮；舞米達人偉峰指導創作米彩繪；編織達人如華巧手教導志工們編織阿美族情人袋；舞蹈達人美珠帶動跳阿美三鳳舞蹈。

9 點多回到民宿，身為專業部落客的我，立即開始整理當日拍攝照片並寫下大綱。室友看我忙起來，善意接手編織情人袋，還很有愛心地讓我釋懷：「很療癒啊」！

為了最後一晚「稻田腳印餐桌」要進行好 4 個工項：切割木板，開始上好保護漆，製作 15 張木桌；塞米糠裝袋當作晚會座墊；收割的稻田裡割出設置會場的大腳印；竹林裡砍伐竹子製做營火火把。

每天早上 6 點半集合晚上 9 點回民宿。揹著相機體驗農事、撒網野炊、完成稻田腳印餐桌工項，到第四天在秀姑巒溪撒網進行巴歌浪慶祝儀式，走在卵石粗礫，已經累的東倒西歪，仍順利取鏡完成專業旅遊部落客的任務。來自都市的阿嬤為工作假期寫出六篇文章，記錄了完整的行程。

有一天，米 86 團隊執行長黃郁惠告訴我，教我做檳榔鞘的秀花 ina 已回到天家。我立即回顧手邊硬碟裡照片整理給她的家人，好想念偎著秀花 ina 旁邊，跟著以檳榔鞘學做麥飯石魚湯的大湯碗，她的親切笑容好溫暖。

擴大孩子的舒適圈

相約再回到織羅部落。這回是兩天一夜，我帶著 Lucas 一起去。剛好是雨後的隔天，田埂小路都是爛泥，他穿著雨鞋跳來跳去踩水坑，一隻腳陷下去，拔起來整個褲腳都裹著泥巴。

這一天是在葛鬱金田，Lucas 拿著小鐵鉤跟著除雜草，我們跟著志工們一起體驗農事。偉峰的田施以友善耕作，因此挖起葛鬱金擦掉泥土，可以直接生吃。下田做活後，在田埂上就地野餐吃農夫飯。晚上稻田腳印餐桌營火晚會，用的是 2018 年志工們做的木桌當餐桌、粗糠麻布袋座墊，志工們跟著 ina 唱歌跳舞。

阿公阿嬤們需要勇氣帶著孩子擴大舒適圈，參加部落特色旅行。阿嬤和 Lucas 的台灣旅行也會一直走下去。

2-8

峇里島田間樂
嬤孫同遊

Lucas 阿嬤愛旅行粉絲團裡的鐵粉世鳳，在印尼峇里島開設旅行社。「阿嬤來峇里島過生日啊！」被搔得心動的不得了，就從可憐的存款中擠出旅費，跟雀躍的 Lucas 說：「我們去峇里島吧！」。

這趟峇里島行走的是特色路線自由行，此行前往巴東祭司家體驗在地生活。迎接的祭司爺爺一點架子也沒有，領頭戴上竹篾帽走上田埂去巡水田。絕對不能小看一個五歲的男生！在祭司爺爺的領頭下，Lucas 一直跟緊當小跟班，穿越田溝爬上泥坡踏過竹橋。我是一路落後，有時候還需要被拉一把。

回到祭司爺爺家，他抱起站在田埂興奮地要騎水牛車的 Lucas 遞給農夫，兩隻小腳交錯擱好就繞起水田。牛兒極溫馴托起木犁載著繞了兩圈，捨不得下來又加碼一圈，Lucas 是個喜歡帶點冒險的小頑童。

品味巴東農家菜，由 Lucas 親手將雞肉泥揉捏在竹片上，就地升火來炭烤沙嗲。自己飼養的雞隻肉塊沾料裹進大葉片裡清蒸。嫩葉蔬菜湯也是從菜園現摘的，竟然嚐起來跟台中特色古早味蕺薑的味道非常相似，帶著黏稠些許苦澀又能回甘的湯頭。

赤足童年越久越快樂

當時五歲的 Lucas，赤腳騎駕水牛車、在田間插秧、自己做午餐、溪畔垂釣，充份體驗了一日農夫的樂趣！

阿嬤帶學齡前的 Lucas 在國內外旅行，推敲了 10 個竅門，來打通爺爺奶奶們的任督二脈：

1. 選擇定點旅行：儘量少轉車以定點遊玩，交通便捷就會輕鬆。
2. 不衝熱門大景點：否則人擠人，做什麼都要排隊，脾氣就來了。
3. 當地有好友熟人：友人家庭有小孩可作伴，是最完美計畫。帶點伴手禮不失禮。
4. 精神飽滿：前一晚要睡飽，否則容易疲憊鬧脾氣。旅行時

看過太多在外面哭鬧的小孩，旁邊氣呼呼的大人最後再吼出一句話：「以後不帶你出來了！」小孩就哭得更淒慘。

5. 整理隨身背包：一起整理隨身輕便背包。放進整套替換備用衣褲、帶著乾糧和水壺、小型玩具和一雙好走路的備用鞋。Lucas要衡量自己揹著的背包輕重；我也只揹個人背包。

6. 搭乘大眾交通：為幼齡孩子也買一張有座位票。坐火車也有小技巧，孩子坐在靠窗位，光線較佳可以看風景，隨心自得其樂。搭乘巴士，如果沒有老人家已經先坐在博愛座，儘量選擇前方座位，比較不容易暈車，上下車會更方便。

7. 分段旅行：長途旅行區分小景點。以「一個定點大景點或是最多三個小景點」最輕鬆。

8. 不要帶3C：Lucas跟我旅行都知道不能帶IPAD，如果行車間玩遊戲，不能「東看看、西學學」，為什麼要旅行呢？

9. 從1日遊開始：安排預算、交通、景點，都比較容易順心。否則，大人吃力年幼的孩子也是弄得很累啊！

10. 行車安全：我很堅持大人和小孩在車上都要綁上行車安全帶，觀看行車守則和影片。

　　祖孫旅行讓年輕父母可以喘口氣，讓兩代感情升溫，真的可以多嘗試。

　　阿嬤百寶箱讓親子旅遊有撇步，阿公嬤更有勇氣多來幾場祖孫旅行。赤足孩子的童年是越久越快樂！

2-9

阿嬤的「嬤嬤經」
親師會代表，

阿公能叫出 Lucas 幼兒園的小朋友名字，比我會認人多了。家中也多半是阿公送 Lucas 上學，還會熟悉地親切問問：「周末放假去哪兒玩啊？」不過，學校親師家長會就溜的比誰都快，套句俗話「打死都不去！」。我會跟阿公開玩笑，說他在權威體系下受教育，總覺得去學校是要長官訓話。

　　Lucas 的爸爸是休假才現身的「假日爸爸」，因此更是百米衝刺溜的比阿公更不見人。有一回，園長跟小孩說，回家問家人「爸爸的手機電話」，來訓練聽話傳達能力。Lucas 問了，弄得我們都覺得爸爸要被請去喝茶聊天了。

　　學校除了書面成長記錄單，還有面對面的討論型家長會，如此一來 Lucas 幼兒園的親師會，唯一家長代表就是「阿嬤」。通常園方安排在學期的期末時間，每個家庭都有單獨 15 分鐘，跟園長和老師討論孩子在整學期的身體、心理和行為發展。我能夠準確接收跟老師對話的原始訊息，不會當場不釐清，結束後亂猜測；也能將家中對 Lucas 的觀察，跟老師討論。

　　老師說，Lucas 在連假後回到園裡，都會比較興奮來挑戰老師的團規。我就會在收假前，跟 Lucas 聊一聊回到學校後，老師會請小朋友分享和進行的活動。這是打預防針，不過，Lucas 太脫序的情況，仍會出現被要求到園長室安靜一會兒的「請休息」。

在 Lucas 爸爸和姑姑求學階段，我最喜歡跟老師在聯絡簿溝通，老師留言孩子在校表現，即使 1 句話，我會寫 10 句來回應。資深友人都奉勸我：少去學校，孩子最無憂無慮。

　　當了阿嬤，經歷過拉拔兩個孩子的過程，輪到帶著 Lucas 生活，已經能心平氣和，甚至沒有讓 Lucas 去任何才藝教室，也不緊張耽誤學習，因為幼兒園已提供孩子身體發展與專注學習很好的教導。

　　學校前方有一座社區公園，一天去兩回，Lucas 對於攀爬和倒掛跟超人一樣厲害。我分享在健身房學到的，他竟然很快學習我的伸展動作，連背部搭橋和練習核心的姿勢都能到位。

　　Lucas 的手部小肌肉非常靈活，擅長手指編織，經常把手作編織小禮物送給我。我去參加媒體團，他送我一條手圈要求掛在相機包上，說看到會想到他。

　　不知道再過 10 年，70 歲是否還會參加 Lucas 的高中親師會。不過從過去參加 Lucas 爸爸就學 16 年至少 48 次的親師會，我做了悔過單總結 5 個心得：

1.充滿自信總當老大：不妨聽完學校報告，再提出自己觀察讓雙方有討論空間。

孩子，你要平安快樂長大

2.相信孩子永遠都是對的：帶著孩子逃避錯中學習的機會。

3.每一次聊到孩子同儕關係，都認為自己小孩很委屈：可能父母會忙死，每一次事件都要替孩子出面調解。

4.逮著機會交待老師特別照顧自己小孩：其實孩子想跟別人一樣。

5.為了孩子去學校或班級當志工：忘了孩子被盯緊了會反彈。

　　這是家長參加親師會的基礎練功而已，其他的心得就依人而異看個人領悟。

　　脫離常軌思考的勇氣，阿嬤的「嬤嬤經」才能搭起親師友誼的橋梁。對於父母許願排行榜第一名：希望孩子健康快樂長大。阿嬤是苦口婆心啊！

柔軟的身段會有更多的看見。

Part **3**

踏上阿嬤部落客 的旅途

無論走在哪一條路上，都要莫忘初衷。「分享」是旅遊部落客最開心的使命，寫下的每一段旅程能豐富讀者的生活，也數算自己的快樂。

3-1

粉絲團了 阿嬤也有自己的

2017 年 9 月 12 日我和百萬粉絲網紅冒牌生請教設立粉絲團。台灣第一個阿嬤旅遊部落客成立了「Lucas 阿嬤愛旅行」粉絲團。

其實，這件事是有點想跟上潮流，部落客多半有粉絲團，可是，我也很彆扭地不願意說，為粉絲團按讚的是粉絲。我喜歡稱為「讀者」，我相信，自己有一天會成為出書作者。

冒牌生老師送給我一句鼓勵的話：一個人的力量很小，只有堅持才會被看見。

那天開始，每一天我都會寫一則「Lucas 阿嬤愛旅行」粉絲團貼文。我喜歡和讀者互動，常出開放性問題請讀者回答。這個意思很簡單，要讀者彼此「切磋」，看看別人的答案有沒有自己需要的資訊。

例舉一則阿嬤出題，「選擇障礙問讀者：我和友人要去上海，預計 7 點出關，晚上唯一行程是和平飯店爵士酒吧，請讀者建議上海浦東機場到和平飯店交通？」我的讀者中有 85％是女性，果然一面倒「千萬不要選擇從浦東機場搭地鐵去和平飯店，抵不了洶湧人潮更不講禮讓，而且進出都要自己扛行李過 X 光機，讓人想到就頭痛，直接打 D（搭計程車）最方便。」結果到了上海，當地友人勸說搭地鐵最不塞車，和平飯店也因為領導人宴賓，周遭全面警戒封鎖進出。

╱一個人的力量很小，只有堅持才會被看見

　　我請讀者在 4 張近照中，票選康健雜誌大人社團的專欄作家形象照：哪一張照片你有感？結果讀者票選出的照片是我微笑著看著遠方，剎那間覺得如夢的事變得真實起來，我又有勇氣跨步向前，往阿嬤書寫旅遊文學路上走下去。

　　「太棒了！謝謝妳讓粉絲也有參與感」我很感動地回道：「讀者是我最強的顧問團啊！」。「喜歡這張！能表現出熱愛人生、充滿熱忱、好奇的年輕阿嬤。」讀者的認同讓我有莫大的心喜。

　　我也會推薦讀者的才華。曾介紹過我在織羅部落工作學習營認識的如華，第一次在她的個人臉書看到編織披肩展現著繽紛活力的色彩，就驚奇地不得了。她熱愛編織，是部落編織達人，帶營隊學員做情人袋，我只能用崇拜的眼神，看

著她的巧手穿梭出美麗的成品。我說：「如華，你把披肩照片給我，我來分享給讀者，天涼時很適合有一件披肩。」，讀者反應熱烈「真有藝術感！」、「顏色配色好美，讓人有溫暖的感覺」、「色彩艷麗，好耀眼的披肩！」。如華很開心地跟我分享：售出一件為公益團體義賣的披肩。

分享 Lucas 的生活點滴觀察，也會寫進貼文：Lucas 的媽媽很喜歡夾娃娃，所以他會去看娃娃機。不過，只是去看看有趣的玩偶，他說了：「要把零用錢存起來，以後長大要帶奶奶去旅行。」他把在地球儀上認識的國家都說一遍。問我：「想去哪裡？」

「我喜歡有愛與溫度的你們」讀者留言給我。我透露有出書想法，說自己是很斜槓的阿嬤、家庭主婦、合格保母、阿嬤旅遊部落客、專欄作者。2020 年，我的目標是成為分享熟齡生活的作家。

讀者的鼓勵如暖流：「加油！你值得活出自己的精彩！」、「期待！阿嬤的書一定與眾不同，好想看啊！」、「阿嬤永保一顆年輕的心，活到老學到老，人也很美，好棒棒！期待看到夢想成真。」

我不曾想過，自己會有多紅？在粉絲團的貼文喜歡寫上一句話：

你的一個讚，給阿嬤一分勇敢的力量。真心以對的情感，互相鼓勵成長，才是 Lucas 阿嬤愛旅行的初衷。

3-2

讀者的暖流
支持著阿嬤
的旅行

羅大哥結縭 40 年的愛妻，在抗癌 8 年後仍然走了，他愛妻之深放不下來這樣的思念。有一天，他從粉絲團私訊我「想一個人揹著大熊寶寶（愛妻的化身）去緩慢金瓜石民宿。」這是第一次他跟我說，要出門旅行了。「看了好幾處各縣市的生動介紹，都想帶熊熊去玩，真的好感謝，也試著用照片隨心隨興拍拍心情照片」。

　　「當做探路，日後可以帶小孫子去旅行，大哥揹著大熊寶寶去吧！」，我給了更多鼓勵。「大熊」是我們的暗號。我知道是羅大嫂抗癌期間，陪伴倆人禱告的大熊。

　　他說，夫妻倆去歐洲 20 多趟，很少在台灣遊玩。現在上有高齡 90 歲的母親需要照料，說是「逃難年代的人，危機意識異於常人，脾氣又硬，勸她玩一日遊，我就算謝天謝地了」。

　　「老的小的、成千客戶和陸戰隊退伍軍人協會的弟兄們……，真是勾勾纏纏，逃玩的童心一直衝撞著」。「還要推輪椅呢！」羅大哥有些無奈。

　　趁著外勞帶媽媽跟團一日遊，他聽進我的建議，去金瓜石的緩慢民宿喝下午茶，安靜看了書，好好吃了山月慢食晚餐料理。

他在臉書分享張文亮先生《帶著蝸牛去散步》：

『神給我一個任務叫我牽一隻蝸牛去散步。

我不能走太快，蝸牛已經盡力爬，為何每次總是那麼一點點？

我催牠，我唬牠，我責備牠。

蝸牛用抱歉的眼光看著我，彷彿說：人家已經盡了全力嘛！

我拉牠，我扯牠，甚至想踢他，

蝸牛受了傷，牠流著汗，流著淚，喘著氣，往前爬……。

真奇怪，為什麼神叫我牽一隻蝸牛去散步？

神啊！為什麼？但天上好像一片安靜。

好吧！鬆手吧！反正連神都不管了，我還管什麼？

讓蝸牛往前爬，我在後面生悶氣。

咦？我聞到花香，原來這邊還有個花園。我感到微風，原來夜裡的風這麼溫柔。

慢著！我聽到鳥叫，我聽到蟲鳴。

我看到滿天的星斗多亮麗！咦？以前我怎麼沒有這般細膩的體會？

我忽然想起來，莫非是我錯了！

是神叫一隻蝸牛牽我去散步。』

羅大哥感慨一生戎馬倥傯，這是他的第一次「緩慢」旅行。羅大哥是 2019 年 11 月加入我的粉絲團。我在自辦 Lucas 阿嬤愛旅行熟齡旅遊講座時，私訊要贊助場地費用，不用擔心安心地講好，聲音宏亮要有自信。那天，他帶著大熊來現場，支持我的第一次自辦講座。

　　羅大哥的朋友都說他很「帥」，一種很有義氣的帥，偏偏又在粉絲團只聞其聲。「各位的讚美，因係事實，本人概括承受絕不謝絕，尚有很大空間可以盡情發揮，本人承受得起。」羅大哥的風趣逗得大家特別有樂趣。

　　「真純的熱情，感染力常超過自己的想像，特別在這個偏於冷漠分裂的世代。善良仍在，只待有人點個火，仙女棒就亮了。」

　　「您對孫子的愛，無限的付出，還不計酬勞的分享部落格文，豐富了僵化的生活，只能說你的粉絲團一定天天爆棚（天意不可違啊！）」。

　　羅大哥總能鼓舞我產生向前的勇氣！ 阿嬤與讀者跨步走出原本軌道，活出夢想成真的熟齡生活，就有路走！

3-3

熟齡旅遊有 5 種達人就幸福了

一個人旅行需要勇氣和保證安全的運氣，三、五好友結伴最容易成行。阿嬤最愛結伴自由行，體會出幸福熟齡旅遊一定要有「5 種達人」。

嚷嚷要旅行的起意者，若是眾人高呼鼓譟絕對被拱成行程達人的主謀，我稱為「包婆」或「包公」。

等到揪成團，鐵定有人第一句話會問：「要花多少錢？」包公包婆就千萬別秒答！阿嬤提出必備絕招先說，我們來：「分工吧！」。出列：行程達人、搶票達人、訂房達人、記帳達人、沒意見達人。

第一種：行程達人

1. 第一步成立旅遊群組。
2. 敲出旅伴成行時間（提出2選1日期，最容易達成結論）。
3. 抓出自由行行程重點：既然不是團體旅遊，千萬不要景點吃到飽；但是，也不能鬆散到好像沒來過。大致行程出來再徵詢旅伴來微調。
4. 交通：若是景點與景點間是遠距離，以大眾交通工具為主；考慮近距離和多人旅伴時，可以搭計程車。
5. 搜尋符合預算、交通方便的酒店（包括背包青旅與星級旅館）。

6.餐點：兼顧小吃與正餐。

7.根據搶票達人和訂房達人回報，再抓預算才能夠預留彈性。

第二種：搶票達人

　　舉例：我最愛去大陸江南水鄉旅行，常飛上海、最常關注東航官網、攜程網和 Skyscanner 機票比較網站。旅伴拿過東航松山－浦東單程機票台幣 6500 元！搶到最低票價機票是她的成就！我也臨時購票票價高達台幣 14000 元。搶票達人也會失手，朋友觀察攜程網等待低價，竟然 2 天後飆高人民幣 400 元（約台幣 2000 元）。旅伴一定要「大器」非「大氣」地說：「沒關係！立刻買！」。

第三種：訂房達人

　　握有訂房平台的現金折抵，願意貢獻降低房價。根據行程達人指令行動：預訂指名的酒店、標間（最保險的是訂兩小床）、回報有窗房無窗房差價、免費或加購早餐？行程達人保有最終決定權。

第四種：記帳達人

　　旅行中管理公帳。舉例大陸行，每人先拿出定額公基金，當成餐飲、門票、交通的共同開銷。可以回報上網預購景點套裝折扣票價，與行程達人共商。

整趟旅程中由記帳達人負責付款和記帳。記帳達人能倒背每一筆帳款明細，建議可以由行程達人看過，每天公布在群組。其他人不要露出懷疑表情或背後耳語，記帳達人會傷心。

第五種：沒意見達人

自由行團體，人人搶破頭當沒意見達人！其實，高情緒智商才能領到「好人卡」。無論是臨時更動行程或是增加預算，也要說：「ok！」、「沒意見！」否則全體吃川菜，你跟去了，然後冒一句：「不吃辣」；你不吃牛肉大家選了清真館。真是尷尬啊！

記得阿嬤提出成功主謀必備絕招，讀者要畫重點嗎？「分工」！

如果，旅伴都搶當「沒意見達人」你還是「包婆」「包公」，拿出魄力指定或請託：搶票達人、訂房達人、記帳達人。

幸運地，每一次阿嬤當主謀「包婆」，都能靠「分工」自由行五達人，無負擔地成行！

幸福熟齡旅遊 5 達人：行程達人、搶票達人、訂房達人、記帳達人、沒意見達人。誰都不是局外人！

3-4

三點吃到飽」
「一點起跳，
自由行的從容旅遊

旅遊要放掉一些企圖心，才能遇上無心插柳得到的趣味。

阿嬤和三位友人在 2019 年底冬遊蘇州。天氣冷得要一直搓手，我們捨棄飯店早餐，去了六點半就開門營業的「啞巴生煎」。蘇州人的早餐吃生煎包和牛肉細粉湯，蠻正常的。

我們吃喝的熱呼呼地，出來遇到擺水果攤的大嬸，聊起天氣，說我們是台灣來的，被凍壞了。「不冷」、「不冷」，她也搓著手秤著小脆梅：「今年蘇州還沒有下雪，看樣子今天可能會下雪喔！」，爽朗的鄉音從她的口中流露出來。

本來就計畫早上遊覽拙政園，預計停留一個早上。果真，遊園時天上飄起鵝毛飛雪，蘇州的第一場雪下在支天銀杏的拙政園。如果趕時間，恐怕就是呆坐汽車裡，隔窗輕嘆了。

我對自由行的旅遊景點主張「一點起跳，三點吃到飽」：「一點起跳」指的是交通遠途的景點，旅遊時間要盡興；「三點吃到飽」，是走路就可以串聯景點。

「一輩子都不會再來這裡了！」、「誰知道什麼時候還會再來，當然要衝景。」、「網路上說這裡是必玩景點、這個也必吃。」這些話很熟悉吧，即使是熟齡旅人也常覺得，當然要吃喝遊樂購「吃到飽」。

「一點起跳」指的是交通遠途的景點。例如，我在冬遊蘇東坡美稱「到蘇州不遊虎丘乃憾事也」的吳中第一名勝虎丘劍池。到此一遊總是不夠過癮，非常推薦參加遊客中心特定時段免費導遊，全程聽歷史故事、不漏景點和最佳拍照位置。

　　歷史傳奇景點切進中國第一斜塔「虎丘塔」和傳說吳王闔閭墓葬所在的「劍池」。傳聞吳王為了西施照鏡，劍池橋上鑿出來看到清澈池水的兩個圓孔，藉由美人攬鏡換得傾城一笑。

　　晉代高僧竺道生在虎丘池畔「生公講經」，連頑石都微微點頭表示「我懂了」；雨天會滲出淡淡血色的千人石；呂洞賓和陳摶兩位神仙對奕「仙人一盤棋，世上已千年」的二仙亭。

　　從中國比薩斜塔「虎丘塔」後方 108 階青石路往下，聽飽故事心裡才充實。虎丘劍池的導覽結束，可以在竹林幽境走走，石階盡頭有一座茶坊，再從北門出去。如果往回頭再循路找回，多待一會兒，往南門前山憨憨泉、枕石、試劍石、古真孃墓，都有說明可以細看。用一座山聽說 2500 年傳奇，不匆忙趕路的話，就要約莫花上 3-4 小時。

　　我在蘇州旅遊，一向住在交通便捷的姑蘇區。從火車站、蘇州北站可以搭虎丘是首末站的游 1 路、游 2 路公交線；途經虎丘的公交線有 4 條線；汽車南站出發的公交線：103 路轉游

悠遊世界更需要從容

1 或游 2 路線。以會經過 20 多站的游 1 線來說,沿途看到街頭市井民眾的生活,甚至上下車的農婦,都是旅遊風景。

交通很方便,自由行哪需要趕時間,當然坐公交車去。花普通公交 1 元到蘇州好行 3 元抵達虎丘劍池,出門能省交通費,就是賺到。

「三點吃到飽」,是走路就可以串聯景點。舉個例子:蘇州姑蘇區裡世界文化遺產拙政園 - 著名建築師貝聿銘設計的蘇州博物館 - 平江路歷史街區尋巷弄美食,整天仍可以從容旅遊,甚至回到飯店午休呢!

人生的圓滿總是追不完,遺憾也總是放不掉。世界大到你的雙腳環遊都有踏不上的土地。即使熟齡旅人追行程,日子也不等你,不是嗎?

3-5

不迷路指南
一個人的旅行

Lucas 阿嬤愛旅行的粉絲團，經常會有人私訊「阿嬤，我想一個人出來旅行，我不知道怎麼做？」

燕鈴是跨出獨旅的其中一人。「我搭高鐵到台中轉客運去鹿港，玩了一天，本來想住宿，又擔心一個人的安全，還是決定找車回家！」她不會用 Google Map，問店家都是遙指杏花村的說法。最後，去問了警察局，才找到很迷你的客運站。

「對啊！客運站很小，不好找。」我也是下車後，玩了一圈找不回來。以後，離開地方小客運站時，都用手機拍下外觀、地址、記下電話，問路時就要注意這些細節。

Jill 是在孫子上學，說走就走地開車去「田中」衝了一回花海，再回來接孫子放學。她說，這樣的心情實在太美妙了，每天在煮飯照顧小朋友中度過，看到我常鼓勵一個人的旅行，就決定真的走一回，現在完全上癮，常在找單點自駕半日遊資料。

讀者對於一個人旅行，又愛又踏不出第一步。缺乏一點勇氣嗎？讓阿嬤來分享我的經驗。

搜尋 Google 輸入區域或景點旅遊關鍵字，在出現第一頁的文章中，從景點、交通、美食和住宿，比較一下最喜歡哪一篇文章。學習複製懶人包經驗，再上網確認各別資訊。

/ 管得住你想旅行的心嗎？

　　以下這 5 個平台可以找到私房行程更深度的旅遊文，跟著玩就不會走馬看花，只是到此一遊。

1.Lucas阿嬤愛旅行部落格：當然要先宣傳自己。以台灣社區營造、部落、城鄉旅遊的獨旅、祖孫旅遊、熟齡旅行為主，包括規劃懶人包；生活類文是書寫個人觀察。2017年9月成立Lucas愛旅行粉絲團，全部貼文鎖定旅遊與親子生活主題，善於與讀者互動，也常會邀約讀者當客座小編分享旅遊主題，一起玩出熟齡的趣味。

　　阿嬤鼓勵低碳旅遊。優先選擇台鐵抵達主要目的地，或許

還需要轉乘當地客運，這些都可以在官網看到時間表，或直接打電話詢問。

2.Ettoday旅遊雲臉書社團–旅遊超爽的：隨時上線即時熱門旅遊文。賞螢、賞花、玩秘境，都有熱騰騰的文章；你想得到的新店、老店、籌備開幕或是促銷美食資訊；3C生活用品推坑文，甚至賞屋情報，給你滿滿的爆漿資訊。

3.104高年級平台：聘僱退休或是學有專長的熟齡族老師，為這個族群設計主題課程。例如：地方文史生態導覽、才藝、烹飪、財經、生涯規劃，是以學習性質為主的社團。老師本身就是屬於熟齡族，能特別體諒我們的需求，是很溫馨的社團。

4.微笑台灣-用深度旅遊體驗鄉鎮魅力：《微笑台灣》是台灣最具影響力的旅遊媒體，設有「微笑台灣319鄉」粉絲專頁，帶動行腳台灣鄉鎮風潮。網站上聚集百位以上專欄作家，分享台灣在地特色深度旅遊。

5.康健雜誌電子平台社團「大人社團-與你一起實踐美好生活」：開辦大人課程與實體聚會，專欄作者主寫深度中、熟齡生活與旅遊文章。粉絲團投稿以旅遊圖片、影片和心得為主，謝絕業配文轉貼連結，可以看到乾淨單純的版面。

　　阿嬤的話：踏出第一步的勇氣後，當過幾回自己的旅遊規劃師，以後誰都管不住你去旅行的心！

獨旅是熟齡旅人的衷心選擇了。

3-6

相遇逢春園

在平凡的幸福中

啟程與歸來間，

「別說山水望穿您的心境

只是不小心顯露彼此的心情

從不吝嗇代表您的美景

因為這裡有滿載的溫馨」

宜蘭逢春園渡假別墅的客房桌上有一本逢春園集，封面上寫著這樣的幾句話。期待熟齡旅人讓一段美妙旅程進入心扉，交出自己的幾許時間？

我和好友 C 彼此湊了好久時間，才來走這一趟宜蘭小旅行。她從事會計職務，假日當著照顧孫子的外婆，也跟需要照顧起居的婆婆同住。標準四代同堂家庭，總是上上下下的掛心。

我們由逢春園的主人 Howard 接駁轉上了小山丘，他將車停在大門外停車場，我們拉著行李走進去。C 看到大片悠閒披下的綠茵，開始說起這兩年才能放鬆給自己假期。暫時擱放行李，馬上拿著自拍棒取景起來。我看著她瘦小的身影，覺得台灣媳婦和媽媽臉上總有幾個角色變換，有些心疼肩著太多的責任，聽著她談到心頭的事，卻習慣淡然地神情。

天空不太清朗，帶著淺灰偏藍的面容。不過，銜接不遠處以歐風條紋鉤畫白色線條的主建築，顯得平靜又安穩。

我問逢春園第二代經營者 Howard 說：「這片草皮的園藝是委外嗎？」，「除了剪樹比較需要費力需要請人。」，「傍晚時間，父親或是母親會推除草機整理草坪」。民宿是旅途中的「家」，主人歡迎客人來體驗家人的生活。

Howard 希望逢春園定位為「小渡假村」的概念。農村手作小點和提供 Longstay 旅人廚房，可以烹煮外帶食材，或由民宿代購熟食，提供微波和鍋具，度過幾日清閒不受打擾的時間。

我和 C 從大門走出來，回頭望見園區另一座崧屋，這裡提供療癒空間。剛才也由阿嬌姐帶著手作 DIY 綠豆糕，馬上就嚐了，淡淡的綠豆仁香氣已經讓我們一口接著一口。C 仍是媽媽魂上身，還問了食譜。回頭跟我說，很簡單。

夕陽中夾道的芒草在微風中輕拂。走在鄉間小路，聽聞說起再過一陣子芒花開，會更豐美。不過，這裡絕對不是有人來衝景的秘境，就是住家旁邊散步的小路，也不會想到你的計步器。

逢春園第一代女主人許麗華是 Longstay 的重度愛好者，每年 11 月會去日本租房子住上一個月，深入在地生活。「許奶奶」她這樣說自己，第一次去日本，原來已經準備斗笠和

農婦裝，預備打工換宿做農務。第二天就忍不住下廚做台灣菜，第三天主人就請她將農務變成教做菜。許奶奶曾經租過一間空屋，主人知道她喜歡做菜，從家裡扛來鍋碗瓢盆全部都借她，就在租屋招呼起新朋友。她喜歡茶道，會在下午時段以茶席會友，好茶交流人心，正如煮水的氤氳遼繞，沖茶遞上飲下，也收下微笑的心意。

　　曾經想過，許奶奶是幾歲時去日本打工換宿的？50 多歲去的呢！不熟語言就去了日本 Longstay。回家後，她為長宿留下專輯，每一年一輯。翻開旅冊，幾句結語寫出熟齡旅人的心聲：

汲滿元氣的逢春園假期

「好多人問我，為什麼你這麼勇敢？你一個人住在荒郊野地，不害怕嗎？」

「我說，因為我知道，那位永遠眷顧我們的神，必會與我們同在。」

「如果，我的人生能夠停留在這美好的一刻，該有多好啊！」

「知足吧！在這裡我汲滿元氣，但終究還是必須回歸現實。歸家，是為了下一次的旅程。」

許奶奶是真正在 Longstay 中隨緣而居的人。對我來說，我太瞭解自己的嬌嫩，做不到打工換宿，仍是習慣在旅宿多待時日，獨處安靜做著喜歡的寫作，覓食走走散散步，就滿心歡喜了。

不用擔心自己能做到什麼程度，先問自己有勇氣放得下擔在肩上的包袱？從輕鬆度一回夢想中假期開始吧。

緩慢金瓜石民宿
邂逅素顏又美麗的
減法旅行，

多數人想到金瓜石山城，就聯想到多雨的天氣。其實，金瓜石給旅人的面容，是把你當老朋友般的歡迎儀式，這是一種賞臉啊！不然，為何選擇下了客運，需要帶著行囊走一段約 15 分鐘有著上下坡度的山路，最終再走 48 個階梯，才抵達位於金瓜石朦朧山林間的緩慢民宿？

「緩慢」是可以宜動宜靜的。我與友人 M 在緩慢金瓜石民宿的兩天一夜小旅行，動的舒緩隨興稱好心意，又得在山中享一方靜謐與山月共進慢食。

相遇《金色聚落－記金瓜石的榮枯》作者賴舒亞，由她帶行作家記憶中金瓜石老家的私房散步路線。緩緩拾階走上淘金歲月沒落後，已斑駁地外九份溪石圳橋；走過原貌記憶瀝青紅磚屋，穿過林木夾道的滿眼綠意，眺望大肚美人山霧嵐圍繞的山頭。對於熟齡旅人能以不疾的慢調子，沒有時間與體力負擔，在行走的一小時間，身心沉浸在舒坦的林子，令人歡喜地邂逅素顏的美麗。

透過民宿管家，連絡上淘金達人陳石成。遊客親切稱呼的陳叔公，說起 85 年的成長時光都居住在金瓜石，3 歲就在外九份溪圳橋下玩耍。聊得開心讓我們鬥志高昂，對於淘金充滿期待。

在地人口中稱外九份溪圳橋為「三層橋」。過往上行水路，下行百姓石頭橋，現在早已建起中間的水泥橋通行了。三人往圳橋下走了約 200 公尺草叢碎石路才下到溪畔，陳叔公拿出我們眼中的聚寶盆，從阿拉斯加帶回的小淘金盤，再以十字鎬鬆動溪邊大小礫石堆，用小盆挖進可能藏金的砂石。陳叔公教我們傾斜淘金盤，一邊在水中晃動淘洗，讓表面看到的砂石流走。我是個沒什麼耐心做「鐵杵磨成繡花針」活兒的人，乾脆回到橋上看風景拍照取鏡。陳叔公以鷹眼在可能藏有砂金的泥沙中掃描，閨蜜好學不倦地跟緊陳叔公，淘到了一眼就能看到的三角錐型小金塊，驚喜地帶著小金人的愉悅心情舉手招喊我，最終阿嬤獲贈陳叔公的散金沙小玻璃瓶。

緩慢民宿是一棟備有 15 間客房的四層樓透天厝。貫穿的天井設計，引進天光成為空間明亮的助力，頁岩柱體保留山間樸實的原汁原味。窗外綠意符號是與「自然共生」，擴香木薰起精油讓房間有了舒服的氣味，沒有影視頻道讓悠揚樂音是唯一的流動。

緩慢以喻意音樂柔板的「adagio」為品牌核心價值，當然主張慢食慢烹調。主廚結合在地當季食材，烹調海鮮為主的創意無菜單料理。管家一道道上菜及說菜，住客一邊享受美食，一邊認識金瓜石在地故事。平常不善廚藝的我，也自己川燙時蔬，輕鬆完成居家生活的感覺。

減法旅行是心情上的加法

　　歲月靜好的兩日山居，提醒都市來客拋掉陳年舊習，愛上定點的減法旅行。隨著散步雅趣和淘金後的餘興話題，好好地吃了晚餐。早餐是一天好心情的開始，緩慢的九宮格朝食採用九在中國習俗中崇高的意涵，引申為緩慢用心款待最重要的客人。

　　傳遞人文的氛圍、服務的暖度、生活的風景、舌尖的美食，能夠無所不聊無所不在的放空，熟齡旅人對旅宿質感，我們很認真。

　　減法旅行是心情上的加法，放空慢活讓風流動景活潑，素顏又美麗地存進旅途紀念冊。

3-8

一日輕旅行
客庄美濃永安老街
除了粄條之外，

高雄客運美濃站下車，日頭赤焰下幾張綠色塑膠椅沒有讓我落腳暫歇，步伐往10分鐘路程的永安老街走去。

　　果然紅農藝生活的佳蓉在等我，她是在地文史工作者，深耕庄頭文化和生態導覽，我從一篇網路上小農文章，抽絲剝繭後連絡上她。高雄美濃是客庄經典小鎮，我準備去探索除了粄條盛名外的美濃，熟齡旅人喜歡踏上獨旅的深度慢遊。

　　她知道都市人的嬌嫩，先帶我到東洋風情的老建築–搖籃咖啡×惠如小屋來午茶，躲一下灼熱的陽光。咖啡館原為日治時期警察分駐所，建造於日本昭和8年（1933年），是美濃街區僅存的官署。山牆有泥塑雲紋裝飾，兩側空間採用能大量透光的八角凸窗，洗石子圓柱與牆面也是當年流行建材，具有巴洛克風格長方形磚木混合的歷史建築。

　　2015年成為美濃文創中心，2018年起委託薛伯輝基金會營運，成為搖籃咖啡×惠如小屋。我遇到一群熟客，球敘後如貫地坐在喜愛的臨窗位置，多年老友情誼就著陽光笑聲閒談。說是最年長的已經70多歲了，頂著圓滾肚皮聲音洪亮，勸我這個「年輕人」說，要活就要動。環景屋內，簡潔的手編藤椅就著光線，拾一本書冊翻閱，小屋似沉靜閨秀顯露著文藝氣質，時光沉靜落進心底。

日式警察分駐所歷史建築的庭園，有一株120多歲的茄苳老樹，看著時代變遷，跟著滄桑歲月流轉仍忠心挺立。夏日午后，掃院人以掃帚一落一落地堆起枯葉，動靜間成為午后勤勞的身影。

離咖啡館走路2分鐘，有一間以在地小農當季食材製作吐司與麵包和蛋糕的啖糕堂。「沒有麵包的麵包店！」是熟客常愛跟店主英傑與妙青夫婦說的一句玩笑話。可見多麼受到美濃在地人和外來慕名遊客的喜好。啖糕堂整理了美濃國小正對面已有72年的日治期保壽堂醫院成為店鋪，是推薦美濃美食與老宅的新景點。

不要錯過明星商品「野蓮麵包」系列，妙青說，味噌野蓮麵包以美濃特產野蓮添加本地青農生產黃豆製作的味噌，做成日式鹹味麵包。這款品質極佳的手工味噌，因為製作者已經不在了，獨特的甘醇風味也帶著一分懷念。

再走十來步是錦興藍衫店。第一代創始者謝老先生認為有一技之長行走天下，他從農會借錢再加上親友標會，由唐山請來三位老師傅，自己當老闆但是兼學徒一邊學技術。從民國15年開始直到103歲撒手，一生勤勞縫製藍衫。最終，手藝傳棒媳婦。

我和第二代聊開了，他拿著木尺指著解說起藍衫。未婚

女子藍衫斜襟稱為「欄干」，兩種顏色上有花色：太陽表示日出而作日落而息；蝴蝶意為不要忘本和男女感情像蝴蝶；松柏是松竹梅三君子。太陽、蝴蝶和松柏都為吉祥物。對於像我這樣進入店門，並不以購物為目的仍是殷勤相待，錦興藍衫店以傳承藍衫為心願，總在顯學中保持客家硬頸精神。

繞回果然紅農藝生活，這裡也是美濃手作職人品牌的文創窗口。攬鏡披繞三分顏色布工房植物染作品，欣喜於讓女人美麗的快樂。創作者解說上寫著，10多年前，洪靜文老師對於能從福木綠葉提煉染成黃顏韻味，引起高度好奇而投入學習。染材選用台灣在地植物，隨興地玩出藝術幸福染。我也入手一條染巾為此行的等路。

我和麻糧布袋的主人溫先生聊起來，他以不施藥的自然農法，讓芝麻田保持最健康的狀態，醞釀作物製作芝麻醬。他說，已經連續拔草20天，雜草長得特別快，也曾因為天氣關係而零收成。言談間保持熱誠，執著於耕作的理念甘之如飴。

熟齡旅人體會私房玩法，一直是我的寫作路線，美濃的豐富連南部朋友都會覺得：哇，以前我們都是吃了粄條就走了，都不知道這麼有意思啊！

高雄美濃被票選為客家經典小鎮，對於粄條美名之外總有驚喜：老屋、老街、傳統文化技藝和新創個人手作，美濃的精彩就在外一章。

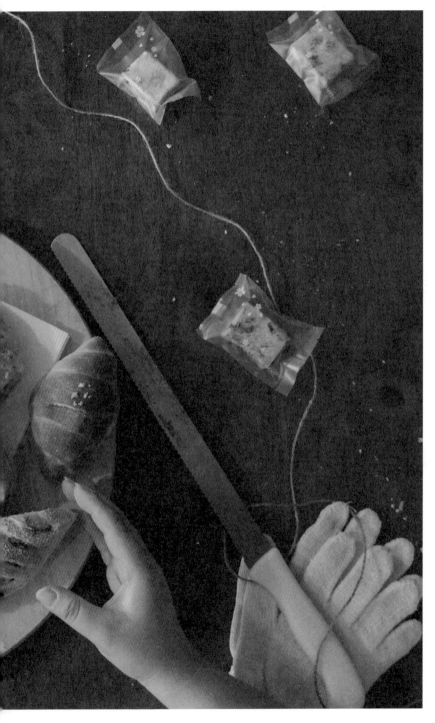

人情的溫度把美味轉變為直覺。

891 金水浪漫號
私房路線──
人情味提煉風景的

金瓜石黃金博物館前面小廣場的涼亭下，有寥寥幾位平日來玩的遊客，正討論著逛完博物館，要不要走路去黃金瀑布？我也湊身往前打聽了一下，回說可能走路要10分鐘。我不太相信這種說法，說不定還要在山路上轉幾個彎，而我卻是個很沒有耐心走路的人。

一位穿著貓頭鷹短衫的清癯男子朝我走過來，不像是計程車來攬客的，我也空出一個下午，正猶豫要不要回台北，就聊起來了。他先送我一套黃金瀑布、十三層遺址、基隆山和無耳茶壺山的明信片。自我介紹說是阿宏，在黃金博物館園區開設賣紀念品的貓頭鷹小舖。

他早在涼亭橫木條上以黑夾子夾好，寫著斗大字眼「黃金瀑布」、「陰陽海」彩印放大照片，對我一直指著圖片誇著很漂亮很漂亮。剛好也是金瓜石和水湳洞可以遊覽的知名景點，剛才遊客討論著想去的下一個地點。

重點是他提供了一個重要資訊，說是天天都有「891金水浪漫號」公車，從黃金博物館出發抵達水湳洞，然後可以選擇搭乘下一班車，眺望陰陽海後再上車回到黃金博物館，這是一條環形路線。原本就是單人旅行，看到891金水浪漫號從山路駛回來正調頭進站，準備在黃金博物館站停下來，當然就跳上車，還順道招呼了剛才遲疑要怎麼去黃金瀑布的結伴出遊的婦女們。

我更高興地是，阿宏也上車坐上司機側邊靠窗座位，拿起麥克風開場導覽。一位乘客看到還有人隨車解說，大聲地啪啦啪啦拍手，引起一陣附和地掌聲。阿宏有閩南腔口音說話也不清楚，他先是抱歉地解釋從小生病嗓子壞了，請大家見諒。我想，他也是不習慣說國語，全是為了讓遊客都能聽懂才勉力說的。

　　駕駛光哥發車了駛上蜿蜓的金水公路。延著山路轉了幾個彎，阿宏喊道，「黃金瀑布」到了，要我們往窗外探頭去看。我心裡嘀咕起來，真的被我猜中了，以我的腳程根本要走到鐵腿，還好有891號巴士。阿宏很認真盡職，特別說明黃金瀑布的奇特在湧出的是地下泉水，並不是溪流河道形成的瀑布。也因為流經金屬礦石裸露石塊，而帶出我們看到的色澤。金瓜石能冠上金字號的景點，都跟礦脈有血緣關係。

　　從小在金瓜石長大的阿宏說，家鄉是永遠看不膩的美景。一路上，阿宏重複地說了很多次：「很漂亮，多拍拍」。這句話鼓舞了乘客，為了看到漂亮的角度，不停地倚靠車窗猛拍照。

　　我和阿宏在水湳洞聚落北側的陰陽海站下車了，他說，我們搭下一班再回去。海面美景在陽光下閃閃發亮，靠近海灣陸地呈現黃褐色，外海是原本海水的藍色，調色起來成為遊客口中的陰陽海。

人情味跟著 891 金水浪漫號出發

等下一班公車的空檔，問起阿宏：「家裡有沒有親人在礦坑工作？」，「有啊，最後都是因為矽肺病走了。」他也是幾番波折才落腳黃金博物館開設小舖子。巴士再度駛回來，回程他指給我看，這條浪漫公路有天然的愛心石，我還隨車見證一位乘客在行經山尖路，唸出阿宏寫好的「浪漫愛情誓言」，得到一份小禮物。

這條比較少人知道的891金水浪漫號路線，因為阿宏對家鄉的熱情，承載了滿滿的人情味。

3-10

大溪深度旅遊
打開時光門扉，

假日的桃園大溪觀光商圈和平老街，可以看到全家出遊的景象，四周的熱氣沸騰隨著人潮出現在豆干魯味店，邊走邊逛呼著嘴大口嚼著大豆干，小孩追逐的街市景象，在巴洛克的建築間顯得特別有戶外教學的氣氛。

熟齡朋友喜歡平日出遊，享受幾分心情上的舒坦。其實，大溪有一條不多人潮，而在喧嘩中顯出寧靜氛圍的中山路「新南老街」。老街上有兩處百年老宅「新南12文創實驗商行」和「蘭室茶坊」，多半是熟門熟路的訪客才會直接過來。

我在網路查詢大溪旅遊時，對於新南老街多是數語帶過。特別引起我的興趣的是新南12文創實驗商行，在週四的品牌主廚日是日本媽媽香子推出日式定食。老闆娘在電話中特別說，需要訂位喔！老主顧都會期待來串門子品嚐家常味兒，為了不浪費食物，也要抓一下數量。

香子媽媽自從嫁來大溪，和一群日本籍媽媽組成自有品牌「笑班」，從擺市集開始玩出興趣，現在新南12的一樓也賣起居家實用小物，許多選自日本的布料，加上手作的溫度串起濃濃日式風，逛得越久越容易讓荷包失手。

這裡是一棟一百多歲的歷史老屋，最早是林本源管家三房的房子，歷經數度轉手，被喜愛老屋建築的新南12文創實驗商行主人買下。

香子媽媽會不定期更換餐點，我來時剛好是飯糰定食：芥菜豬肉味噌湯吃得到長年菜、帶有甜漬味的大溪豆包是和風滷味、昆布和鮪魚的手捏三角飯糰、炸餛飩代言喜氣的元寶，少不了傳統日式定食的土雞蛋玉子燒。

新南12文創實驗商行有藝廊、藝術與手工藝品店、露天展場還有一間獨立小書店。二樓的餐飲空間搜集了再修復的老物件傢俱，讓人回憶起老宅應有的年紀。

新南12的對面是建於1918年，清末秀才仕紳呂鷹揚起建的三開間長型仕紳街屋「蘭室」，內部保留傳統建築的第一進、中庭捲棚與第二進空間。

2015年起，一群對保存老房子有使命感的好朋友成為蘭室的新主人，其中有建築師、古蹟修復師、大學教授、科技業者、業餘畫家和社區營造老師，各自以專長來修復這棟多處頹圮的街屋，逐日逐年以一個空間再一個空間，將經過百年風霜已經破損的門窗、地板和樑柱，細心有耐力地完成修繕，延續老屋新生的情緣。

登錄歷史建築的蘭室，特別在牆面保留原貌構造的土墼磚，訪客可以看到過去建築的肌理；第一進和二進中間的天井，抬頭瞧看捲棚軒，樑上雀替以透雕手法刻畫「鳳穿牡丹」，以展翅飛翔口啣牡丹花枝的鳳鳥，象徵「富貴鳳來儀」的人文氣息。

人文薈萃大溪風情

蘭室傳承了大溪產茶文人喝茶的仕紳生活風情,將第二進空間佈置成為蘭室茶坊,裡面有一間可以包廂的飲茶室,稍暗的長形房間有一扇可以穿透陽光的天窗,顯得特別溫暖。我來時剛好被一群來喝茶的閨蜜包席了,可以想見日頭明朗時,茶客盤坐在榻榻米席閑話家常笑語連連,是多麼美好的情景。

挪到天井的冬陽下喝下午茶,有一壺清澈茶湯的菊花茶在寂靜中迴盪,柔和綿密的紅豆羊羹小甜點,增加了獨旅的風味。旅人可以預約導覽,一窺百年老屋傳統與現代匯流的生活美學。

新南老街等待有緣人打開時光門扉,尋找大溪人文薈萃的風情。

3-11

淡妝池上緩緩行
美食這一味，
旅行上癮總有

說實在的，喜歡定點旅遊的熟齡旅人，對於田野風光迤邐的台東池上，需要至少停留二日才有一些從容。在藍天下田間小路散步放空，即使小小迷路也有驚喜。池上是騎著單車遊晃的鄉鎮，我住在靠近伯朗大道的萬安村，騎上民宿單車就能四處覓食。

　　在池上中山路上最有可能選擇障礙而意猶未盡：肉圓控吃到吉本肉圓，絕對令人嘴饞，想了就覺得可以跑一趟池上啊！大塊新鮮豬後腿瘦肉有著紮實的口感，池上在來米揉製成的肉圓皮好Q彈。另一個招牌是四神湯，一大湯勺舀起碗裡滿滿的作料，11點後來湯頭熬的正是時候，整間店滿座，生意好不是沒道理。

　　蔣勳老師在池上駐村期間，為吉本的四神湯留下一段讚美：「畫畫累了，就走到吉本吃一碗四神湯。不加腸子，濃濃的湯底裏燉得鬆軟的蓮子薏仁芡實，芳郁醇美。是一天工作後幸福地給自己的慰勞吧！」

　　福原豆腐店以水果來醃製香豆腐，外皮酥脆一口咬下去嫩的出水。瞥見匆匆來了一對夫妻，太太衝得快還不及喘氣就問：「還有沒有？」聽到賣完了，立即回頭怨了先生走得慢，真是神人級臭豆腐！我跟老闆娘說，實在太好吃了，有什麼秘方啊！她笑笑：「就是認真做啊！」

尋一味撫慰心靈的美味

年輕帶著甜美笑容的田味家第二代女孩張力尤說，蔣勳老師駐村創作時，晚餐後最愛踱來喝碗熱呼呼的杏仁茶。我看著她將米漿緩緩倒入杏仁湯汁，攪拌增加黏稠度。端上來時附了小碟黑芝麻，輕灑下去不但提味，說還可以催出維他命C。

另一個特別的是客家田邊點心「牛汶水」，軟Q的圓形麻糬，泡在熬煮的黑糖水中，細心地灑上細碎的花生粉。好似牛兒露出頭背在戲水，又有個小名「牛玩水」。

我不會錯過，一個人的產地餐桌評選最具食材創意研發獎的王群翔慢食家宴。誠實的不得了的翔嫂，在客人訂位時都會插句話進來：我家很亂喔！踏進王家，對於客廳堆積三個孩子的玩具書籍，呈現家的人性化就見怪不怪了。話說回

來，家宴的意思不就是去王家慢慢的好好的，像家人般吃頓主人拿手好菜。

來翔哥家吃飯，請預留3小時。輕柔的音樂響起，木質大長桌迎接食客，有高朋滿座的快意。他可不願意舟車勞頓來的客人，急急忙忙的吃，匆匆忙忙的走。因此，翔嫂上菜時會說菜，翔哥出菜完會走出廚房話家常。

隔日清晨六點，我來得早，空曠的田野上風也是遊客。伯朗大道的筆直是令人屏息的，人在天地間只覺得渺小。伯朗咖啡和長榮航空廣告，讓錦新3號道路爆紅暱稱伯朗大道。2014年金城武樹被強風擊倒，引起全民護樹，經過樹醫生的保養，金城武樹變年輕了，顯得綠意盎然。當代藝術家楊茂林以「休憩中的思維」為造型，彼得潘在茶壺旁沉思，一條板凳供旅人歇腳，感受傳統的奉茶美德。

旅程終點落在蔣勳老師總策畫，陳冠華建築團隊改造的一座六十多年的老穀倉，這棟斜瓦屋頂建築池上穀倉藝術館，獲得2019年「遠東建築獎：舊屋改造特別獎」首獎，常年展出駐村藝術家的創作，呈現池上藝術村人生風景。

休閒旅遊輕鬆走走，美味的食物和一方好風景，總能安撫疲憊的一絲神情。

3-12

第一次面對
160人講座，
我只怕了30秒

「Lucas 阿嬤愛旅行，您好。我們是曉明社會福利基金會，希望邀請您在長青大學的講座中，安排一堂熟齡旅遊演講。」粉絲團私訊跳出來這段話。

「我從來沒有演講經驗，不行喔。」我根本沒有想過這種事也會連絡上我，立即一口就回絕。

我在從台中回台北的國光號上，再次接到督導吳佩蓉電話邀約：「阿嬤，你的旅遊經驗這麼豐富，長青大學的老人家，都是個性很溫和的老人家，你不用擔心啦！」、「採取雙主談，有引言和回答，像綜藝節目那種對答。」

「我可以教長輩規劃旅程，若是家人不出門，可以自己旅行或是揪朋友一起團遊。可以介紹對熟齡族更輕鬆的一日遊：像三峽的玩法，可以聽在地職人導覽，大地養生午餐後可以做藍染，季節性可以醃梅。」

霹靂啪啦地說了一大串話，發現已經迫不及待分享講一場「熟齡族愛旅行」講座。

這下可妙了！我連 PPT 簡報都不會做啊！下一通電話就是打給實力派好友陳柏安導演，他很乾脆答應立即下水答應救我上岸。我到三峽甘樂文創安導工作的地方，用一卡皮箱裝進電腦和硬碟及幾套定裝服，我需要拍一張宣傳照。

安導教我 PPT 上傳照片與字幕的技巧，就去忙工作了。我很認真地做了 60 張素材，等到他下班時間來看我進度，眉頭深鎖：「你的主題不明顯，介紹很多景點，可是聽眾得到什麼？喔，你去過這些地方？」這份花了 8 小時製作的簡報，心甘情願被打回原點。我知道願意說出良心建議才是益友。

這下被敲頭就醒了：上半場介紹台灣五大旅遊平台，以如何規劃單人、小團體和親子旅遊行程，來搭配景點說明。中場休息前 QA，準備小禮物當贈品；下半場以我的中國系列主軸：蘇州自由行的交通景點住宿懶人包，搭配有獎徵答，贈送廠商贊助的青旅住宿券。

阿嬤的領悟力算是孺子可教，再度傳給安導看過 2 次，就一切搞定。

這時候，安導兩肋插刀決定替我做一支 80 秒宣傳影片，我寫旁白他拍攝後製。我的講座開場就有自我介紹影片，也能吸引觀眾注意力，等我正式上場開講。

注意到主辦開始宣傳，剩下 2 周我才發現自己沒做任何廣告，我應該在臉書和粉絲團大聲嚷嚷「阿嬤要在台中辦熟齡旅遊講座啊！」160 人的座位場地，當然要報名到爆棚啊！

5 月 8 日下午 1 點 30 分，我站在報到處跟叔叔阿姨們打招呼，用手機玩起自拍。進場也有小創意：像辦喜事般擺了喜帖簿，可以簽名報到；每個人會拿到我的名片，後面有粉絲團和部落格的 QR CODE，掃描進去就可以看到內容。

　　聽主辦人說一位進場阿姨已經 90 歲，我特別找她自拍，心裡期盼我看著 Lucas 長大，可以一起學習新知。

　　麥克風交到我的手上開場，腦袋停頓了 30 秒，聲音是發抖的。我在心裡默默說「你可以的！」，開始遊走全場開講 2 小時。PPT 簡報已經練習的爛熟，即使第一次拿麥克風和簡報筆，我仍是走動全場三個大螢幕間，像康樂股長帶領著旅人，拉起夢想的線索一起開心旅行。

　　第一場講座讓我的膽子大了起來。2019 年，我總共講過 4 場，每場都是主辦很滿意的人數，與聽眾有很溫馨的互動。

　　如果不是憑著勇氣接手第一場 160 人的講座邀約，誰知道一位素人阿嬤也能分享熟齡旅遊的樂趣，逗得大家心癢呢！

3-13

婆婆媽媽們
愛旅行的
宅男背後,

阿公從全省跑透透的業務職場退休下來，喜歡宅在家。邀約出遊都回應：去過了，沒有什麼意思。我常說，那時候是工作，跟輕鬆旅行是兩回事，說的次數多了也很氣餒。退休前問他，在嘉義吃哪一家雞肉飯，會如數家珍地分析，觀光客吃哪一家？在地人真正光顧哪一家？阿公是走到哪裡，都可以說出道地吃喝。不過，退休後的阿公，不開車就好像沒腳走路，才不出門呢！

　　家裡廚藝最好的是阿公，他為正在長大的 Lucas 耐心地烹煮正餐，阿公宅在家裡的時間也有規律的作息，早上騎單車去附近市場採買當日烹煮食材，下午去附近全聯福利中心，搶購當日限時肉品和購買生活用品。阿公過著自己很舒服的退休節奏。

　　過去工作時很活絡，認識全省超過數百家門市的老闆，退休後電話的問候寒暄次數銳減。同學會呢？多數同學還在職場，有點尷尬。阿公也一點都不黏我，我去媒體團兩天踩線，回家就像撿回來一個阿嬤。我呢？打開家門，就看到祖孫倚靠著看電視追體育賽事。

最終的改變是，我在旅展購買台東鹿鳴溫泉酒店三天兩夜促銷行程，算是先斬後奏。Lucas 說：「阿公去，我才要去！」主要是疼孫，他點頭了再拋話：「你買得到台東鹿野車票嗎？」，「到了鹿野，怎麼去酒店？」，「我們去三天都在飯店嗎？怎麼玩？」。對一位旅遊部落客，這樣的問話根本不是問題。平日到台東鹿野的台鐵車票，就算買不到直達，也可以分段銜接到台東鹿野，再預約酒店到鹿野車站來接駁。

上網查詢，發現鹿野的「台灣水果冰棒第一品牌」春一枝新鮮水果手作冰棒可以親子 DIY；阿山哥無毒小棧有農事體驗。鹿鳴溫泉酒店的大門口，有台灣好行站前往鹿野高台，剛好可以利用半天遊玩行程。

做旅遊計畫是旅遊部落客最擅長的事，一點也難不了我，我心想，大不了宅阿公就是換個地方，來酒店泡溫泉看運動賽事，至少出了家門拉來台東旅行。

這一趟溫泉之旅帶出來宅家阿公。阿公跟 Lucas 在春一枝做水果冰棒，在都蘭山前吃冰棒拍了全家福。Lucas 在阿山哥的田裡撒油菜花種子當綠肥，認識公木瓜和母木瓜。阿山哥的媽媽和愛泡茶的阿公，興高采烈聊起茶園茶事，他還買到非常優惠的冠軍茶。

╱ 家庭旅遊不可缺娘子軍

　　邀約退休宅男走出舒適圈，總有一個人要先行動。Lucas 阿嬤愛旅行粉絲團都是婆婆和媽媽來留言、私訊問行程。有一次講座，一位女讀者還特別來跟我說，先生都不出門，她要自己學習怎麼規畫旅程，這點認知讓更多的女人走上旅途。

　　女人在面對家庭旅行，更有勇氣挑戰未知，更喜歡交流情報。特別是熟齡旅遊，也知道行程留白的重要，真的要為娘子軍鼓掌呢！

3-14

點滴成花漾熟年
人生不是即景，

人生風景穿梭花漾熟年

我的散文敘事旅遊報導的基礎，來自 20 多年前跟著兒童文學作家桂文亞老師的兒童散文讀書會。每周一次聚會，前半段由老師講評同學作業，後半段進行兒童散文作品的心得發表與討論。

　　有一回，桂老師的指定寫作主題，要學生寫「玉米」。而我是一位發狂熱愛烤玉米的人，瞬間思緒飆回高中時期。台中老家附近土地公小廟前有一攤碳烤玉米攤，我是幾乎天天報到的，若說零用錢都進了攤上裝錢的鐵罐，我是一點也不否認。

　　我都算緊晚餐過後有一小段時間，是爸媽在看晚間新聞，輕手輕腳地將腳踏車牽出家門，飛快地騎去玉米攤。生意好的節骨眼，經常都必須等生玉米從一個大麻布袋拿出來剝皮開始，等到原本米白色的玉米被烤得帶點黑與黃，就被排上透亮的灰皮鐵架，陸續就會有手穿過前面的人肩膀去捏一下玉米粒，挑出來喜歡的軟硬度。

　　老闆用鐵刷刷刷地刷破表皮，熟練地攪拌過右手邊的一排醬料，再重複翻轉塗抹。我總跟著補一句：「我要烤焦一點，醬塗厚一點，烤乾一點。」嚼檳榔的老闆也不吭聲，就是交過來完全精準的味道。

天氣冷的時候，遠處看到一群人圍著烤玉米攤，中間冒著一股淡淡的煙霧，就知道至少要等半小時以上。即使買到兩根，也捨不得一下子吃完，甚至嚼到根部都要剝下顆粒，細細地嚐到每一粒醬汁的甜辣味。

即使，我熱愛烤玉米到這樣的程度，桂老師對於我交出去的文稿，仍然退稿 6 次。一次一次地交稿，桂老師也不厭其煩地修改並在課堂評論。我的個性就是安靜地聽講解，等回家後修改再修改，乾淨地騰上 600 字的稿紙，下回上課再交一次作業。高中時偷溜出家門狂奔廟口烤玉米的青澀歲月，怎麼能不寫出來？

我相信，數年的讀書會養成日子，區隔出散文寫作的文風。2016 年開始寫 Lucas 阿嬤愛旅行部落格旅遊文，老實說，我很少參考其他部落客文章，主要是寫法上的差異性。即使後期接到業配邀約，也是脫不了散文的口吻，用詞不是太流行化，也會引用詩詞在文章中抒發心情，甚至文章長度，也超過一般讀者手機滑動的耐心閱讀字數。

我相信，沒有一件事是偶然發生。若不是熱愛廟口的烤玉米，桂老師耐心批改六次通過的烤玉米文，成為我在世界日報兒童散文版刊登的第一篇文章，很難說會確定，現在自在的散文寫法。

粉絲團的頭號粉絲也坦誠地告訴過我：「阿嬤的文章用心細膩，要花時間耐心閱讀，對於手機滑過的人，不見得會成為粉絲。」，都不影響我的寫作手法。

　　寫散文的隨興個性，更讓我喜歡跟粉絲互動。知道誰稱讚過我穿過的新衣；誰得到抽獎禮物的口紅，喜不喜歡色彩，還問她有沒有真的拿來塗抹朱唇；誰跟我吐露心事，我替她加油了；誰是曾經描述過越南特色補品鴨仔蛋美味吃法的粉絲。

　　土地公廟廟口的烤玉米攤早就消失多年，40 多年前夜衝買烤玉米，依然是散不掉的情景。從桂文亞老師說到寫「玉米」吧，直到當起 Lucas 阿嬤愛旅行專業搔癢人，早已注定會走下去了！

　　人生走到熟齡，不會只是即景，伴隨時光滋潤，總為光陰紀念冊寫下懷念二字的花漾熟年。

3-15

都是年輕人
我的老師們

我的電腦啟蒙老師是燦坤 3C- 信義店梁先生。我的購物沒有採取年輕人通用的網購，習慣實體店面的現場售後服務。常是就近找燦坤的電氣醫院，下載重灌軟體解決技術問題，即使他們沒有接觸過的問題，也會幫我上網找解答。其實，這些都不是完全屬於業務範圍，卻都樂意協助。

「梁先生，不好意思我又來了！」，「不要這麼說，今天是什麼問題？」他很客氣地招呼。「沒有辦法開機」他經驗老道地：「要趕快送修啊！」我苦著臉：「很多存檔還來不及備份」。「先幫你開機看看，若能成功，就趕快備份再送修」，他苦口婆心提醒。

2017 年 3 月購買的第一台電腦，預算僅能負擔不到 2 萬元 15.6 吋頗有重量筆記型電腦。使用了一年多直到鍵盤故障，沒有經費添購新筆電，他建議我先買外接鍵盤撐一下，等電腦展促銷。火車上拿出我的笨重電腦和外接鍵盤搶工作時間，面對 MacBook 蘋果電腦的媒體團同行者，雖然有點尷尬。不過，隨即拋掉心裡障礙。等到燦坤店電腦展期降價時，才在梁先生建議下，分期付款選購一款新電腦，又是委託他重灌軟體，也毫無怨言再度伸出援手。

第一次學習以「小影影片創作剪輯」帶 Lucas 澎湖旅遊的 60 秒影片，花了一天一夜抓取畫面配上旁白，磨出來在海

洋牧場的旅行，也是興奮地秀出給請梁先生指導。到現在我都還是用小影製作，進階版的剪輯軟體對我真的有障礙。不過，我也開心自封「台灣第一位阿嬤旅遊影音部落客」。

寫文為部落客的這幾年，教過我的「老師」們，都是年輕朋友。雙語寫部落格的美食部落客「娜姐Foodelicious」，傳授 IG 的編輯技巧；韓國一姊「Helena.海蓮娜的韓國大世界」手把手帶我如何以手機拍攝美食；「尼克玩食大探險」分享被動收入和雲端技術；「我是艾姬 - 情

學習讓生活游刃有餘

癒撩慾系作家」樂於分享出版經驗;「馬祖有個周小馬追淚人」以無比耐心教會夜拍星空。

老實說,也有人認為我是「伸手牌」。對我而言,搜尋到 Google 第一頁第一篇資訊文,按照說明操作解答時也常會卡關。抱著電腦再去求教願意教我的人,對方也覺得怎麼會這樣?沒有遇過啊!

不恥下問是我一向的態度。因此,輪到別人請問我,會立即湧出同理心,非常有耐心地一一回答。甚至,還對一位年輕部落客朋友提出「網紅穿搭」建議,當時挑選衣服會拍照傳給我,我在線上直接給出我的想法。後來,他有了知心女友,我的服裝顧問一角才卸任。

「1 秒內教會你粉絲專業抽獎小幫手,別再做手籤了」,由衷感謝帶著無奈口吻又繼續教導的電影部落客「多多看電影」。他曾經跟我說過一句很經典的話:「我就是你的貴人,可是你都不聽我的話!」苦口勸我接案要簽合約免得吃虧。

這個年代倚老賣老的身分已經過時了,「請問?」、「你能教我嗎?」,熟齡的朋友要有勇氣開口,活到老學到老過的游刃有餘!

3-16

我還在努力
你運動對了嗎？

學習跟身體對話，我還在學

小學的體育課，我的跑步耐力強；中學的體育課，我的游泳速度快；大學的體育課，我的混功已無敵。進入社會，忙著工作、結婚、生子、教養和成為帶孫子的阿嬤，嘴巴上一直掛著：「想運動了」、「該運動了」、「一定要運動了」，然而行動始終沒跟上嘴巴。

　　兒子結婚時，我決心要快走。一個月內在大街小巷穿梭，經過夜市就破功，最終以減重 1 公斤收尾。一陣熱度逼不出來持續運動的熱忱，唯一對運動的看法就是「瘦身」。

　　「我就不會運動啊！」「體力很差走不動啊！」「不要找我去走步道，太多階梯了，膝蓋退化爬不上去！」。一個人會懶散，「來跳有氧舞蹈」朋友鼓吹我。對熟齡的我，根本跟不上速度，音樂超爆炸跳完喘到不行，白繳了學費。

　　終於考驗來了。2010 年中國上海世界博覽會前一周，再次復發椎間盤突出症急性發炎，劇烈的疼痛讓身體弓得跟燙熟的蝦子，不得不出門時，就像一位久咳不癒裏小腳的老婦一路跛行。「你想去世博，一定要慎重考慮，否則就要全程坐輪椅。」復健科主治醫師警告。

　　後來我去復健科做「被動運動」。在醫院拿復健單，做完俗稱拉脖子和拉脊椎的治療，蓋滿六格單就發懶，繼續彎

腰駝背寫文，要不就是靠止痛藥，治療長時間寫稿的不良姿勢所造成的下背痛。我的左腳沒有力量，容易失去平衡，我也會擔心突然摔倒，Lucas 還小就要照顧臥床的阿嬤嗎？但是，還是只是想想的念頭。

2019 年底參加一個媒體團，遇到 Vigor 力格運動健護中心的創辦人 Kenny，他鼓勵我運動並拍拍我的肩膀，說：「我會讓你回到 30 歲！」去力格之前，我其實完全沒有運動習慣，甚至，對運動一直都很挫折。

初見教練，他沒有皺眉訓話：「阿嬤，怎麼拖這麼久才來啦！」而是很誠懇地告訴我，很不一樣的話：**首先要做「無痛訓練」**。日常生活行動有沒有過度挺胸、或是駝背、肚子沒有用力還是翹臀？ 通俗白話就是，讓自己：站有站姿坐有坐相，讓行動時就無痛。

第二階段就開始跟日常生活相關的訓練動作。髖關節帶動臀部正確發力，用於起立蹲下、上下樓梯或是走路。

課程在 2020 年 1 月底開始，每周兩次上課，常常我都想要放棄！ 50 多年來，只有勞動沒有運動，我的筋骨根本是天王級的緊繃。結束收操，教練協助拉筋時哀聲不斷。

可是，身體一直對我說話，親口證實我是越來越好，減緩了下背痛坐著不再一直喬姿勢；左腳能抬高穿長褲；甚至能走遠路了。過去連公車站牌只有一站間距，我都搭車過去。

不過，這幾個月在第一和二階段常會根據身體現況調整動作，靠著教練鼓勵，我才有更多耐心持續上課熬過去。

第三階段課程中用了彈力帶和重量訓練，讓肌肉除了負擔自己的體重，還有能力提重變得強壯，教練知道我的隨身背包、相機和腳架都是非常有重量。

我們還做了：以錄影拍照，幫助回顧練習與回家功課，「我們相見恨晚」教練打趣的說，Kenny 仍舊鼓勵我：該謝謝的是自己的堅持。

你運動對了嗎？我們講長照，聽到都心驚。以「大人的體育課」來跟身體對話，健康排上第一名了嗎？我還在努力。

阿嬤給
親愛的自己
的一封信

親愛的阿嬤，你有多久沒有跟自己對話了。發現了嗎？這本書其實是一本先療癒自己的書。

從親愛的 Lucas 來了，你成為 7-11 阿嬤，對喜歡自由的人需要多大的勇氣啊！Lucas 在三歲時媽媽就當天使了，你再度鼓起勇氣站穩，讓自己扮起奶奶媽媽的角色，在旅行中將孩子帶離憂傷成為開心的孩子。

熱愛寫作和旅行的你，在 2016 年已經 54 歲時成立部落格，前 76 篇分享的旅遊文還是用舊款手機拍照在後台寫文上傳，卻一點都沒有怯步。直到 2017 年購買單眼相機和電腦，摸索出人文般攝影眼和旅遊文學敘事風格。

你怎麼沒有退縮回去當你的阿嬤就好了呢？

前些日子，成功大學創意產業設計研究所的學生郁婷來訪談「創意樂齡族於社群媒體的內容創作」。我仔細地想過，Lucas 阿嬤愛旅行的阿嬤和讀者是彼此取暖共同成長，你們私訊我或是留言吐露的心事，即使沒有見過但是我都記在心裡。讀者對一位阿嬤的厚愛，讓我不孤單，願意在愛中有更多的付出。你們選擇相信，我就有更強大的勇氣走出自己真實的面貌，我們一起把夢想築起來，一一去實現。

愛樂廣播電台「大大的必修課」節目主持人劭宜與我的訪談，聊到熟齡旅遊和祖孫旅行。我分享了自己的觀點：以「減法旅行」減輕行囊玩在當下，並提出旅遊規劃行程景點要「一點起跳三點吃到飽」；結伴幸福旅遊更要有團體分工的 5 達人；如何讓 Lucas 成長，成為我的麻吉旅伴。這些獨家的觀點，是我迫切想跟熟齡朋友們，或是上有長輩下有孩子的三明治家庭所要分享的。談到熟齡旅遊就止不住想分享，完全是我的個性。

　　書中，我也回到女兒的身分從「心」進入家門，挖掘原生家庭中有過的心痛，發現進入熟齡以後，有家人的幸福感取代撕裂。嚴肅的爸爸曾把負氣離家的女兒，沒有一句責難地帶回家；生後留下的金條支助女兒在創作路上的盤纏。

　　自己組成了家庭，一個天兵媳婦擁有婆婆的疼愛；過往教養的挫折也成為現在陪伴 Lucas 的養分。

　　親愛的阿嬤，你是 Lucas 的阿嬤、Lucas 阿嬤愛旅行的創作者、女兒、家庭主婦、熟齡旅遊專欄作者、熟齡旅遊講座講者、出版熟齡書的作者。你走在這些路上，也曾經進進退退跌倒撞過受到冷語，為什麼沒有離開？

而且你不但沒有走掉，還開始進行了《勇氣阿嬤的美好熟齡時代－38 個跨出人生新旅程的第一步》，邀約熟齡朋友從原本生活軌道再踏上新旅途。沒有對錯、好壞，無論是真實的旅行，或是熟齡生活的每段人生角色，轉身的每個角度都是自己！有了跨出第一步的勇氣，才有下一步抬腳的機會。

2020 年 7 月 世芬阿嬤筆

在生活細節中尋找勇氣

曾經你的心中有一畝田，滋養夢的種子。

勇氣阿嬤的美好熟齡時代　38個跨出人生新旅程的第一步

作　　　者	潘世芬
社　　　長	張淑貞
總 編 輯	許貝羚
美 術 設 計	關雅云
行 銷 企 劃	蔡瑜珊

發 行 人	何飛鵬
事業群總經理	李淑霞
出　　　版	城邦文化事業股份有限公司　麥浩斯出版
地　　　址	104 台北市民生東路二段 141 號 8 樓
電　　　話	02-2500-7578
傳　　　真	02-2500-1915
購書專線	0800-020-299

發　　　行	英屬蓋曼群島商家庭傳媒股份有限公司城邦分公司
地　　　址	104 台北市民生東路二段 141 號 2 樓
電　　　話	02-2500-0888
讀者服務電話	0800-020-299（9:30AM~12:00PM；01:30PM~05:00PM）
讀者服務傳真	02-2517-0999
讀這服務信箱	csc@cite.com.tw
劃撥帳號	19833516
戶　　　名	英屬蓋曼群島商家庭傳媒股份有限公司城邦分公司

香港發行	城邦〈香港〉出版集團有限公司
地　　　址	香港灣仔駱克道 193 號東超商業中心 1 樓
電　　　話	852-2508-6231
傳　　　真	852-2578-9337
E - m a i l	hkcite@biznetvigator.com

新馬發行	城邦〈新馬〉出版集團 Cite(M) Sdn. Bhd.(458372U)
地　　　址	41, Jalan Radin Anum, Bandar Baru Sri Petaling,57000 Kuala Lumpur, Malaysia.
電　　　話	603-9057-8822
傳　　　真	603-9057-6622

製版印刷	凱林印刷事業股份有限公司
總 經 銷	聯合發行股份有限公司
地　　　址	新北市新店區寶橋路 235 巷 6 弄 6 號 2 樓
電　　　話	02-2917-8022
傳　　　真	02-2915-6275
版　　　次	初版一刷 2020 年 7 月
定　　　價	新台幣 320 元／港幣 107 元

Printed in Taiwan 著作權所有 翻印必究（缺頁或破損請寄回更換）

國家圖書館出版品預行編目（CIP）資料

勇氣阿嬤的美好熟齡時代：38 個跨
出人生新旅程的第一步 / 潘世芬著.
-- 初版. -- 臺北市：麥浩斯出版：家
庭傳媒城邦分公司發行, 2020.07
面；公分
ISBN 978-986-408-617-7(平裝)
863.55　　　　　　　109009004